由加利樹林裏

●終戰前後一位日本「公醫」親身體驗的
台灣原住民生活記錄畫冊&小說

芹田騎郎著／張良澤編譯

ブカイ社粟搗き KS

目次

〈圖繪〉

台灣の思い出

（憶台灣）

芹田騎郎
（張良澤譯）

台湾なつかしさの余り蕃地公医診療所の勤務日誌を自分史の一ページとして小説風に書いた原稿が三十五年を経た今日、東京で張良澤共立女子大学国際文化学部教授の御目に止まり台湾で翻訳出版したいとの電話を戴きました。

驚きました。忘却消滅するにはと思い拙い文章で綴ったものを！私的な事柄で恥ずかしいと思いました。それが丁寧に訳されて「小説・由加利樹林裏」として淡水牛津文芸誌に掲載発表して戴きました。身に余る光栄なことで誠に望外の幸せであります。

高地原住民と生活を共にした一年に満たない短い期間のことですが、人間愛と信頼に満ちた生活は八十年の生涯の中で珠玉の宝で光り輝く空間でありました。

一九三五年の春、絵を画かせて貰えるとのことで台湾に渡りました。基隆に上陸して暖かい風と台湾独特

懷念台灣之餘，把山地公醫診療所的服務日誌做爲自我史的一頁而寫成小說式的原稿，經過三十五年的今日，被共立女子大學國際文化學部教授張良澤發現於東京，打電話來說要譯成中文發表於台灣。

吃了一驚。只因怕它忘卻消失而用笨拙的文筆記下來的私人事情，令我覺得害羞。

竟然親切地譯成『小說・由加利樹林裏』而發表於《淡水牛津文藝》，實感望外的榮幸，受之有愧。

與山地原住民共同生活不到一年的短短期間，卻是充滿了人類愛與信賴的生活，成爲我八十年生涯中的珠玉之寶，無限光輝燦爛的空間。

一九三五年春，因得到繪畫的工作而赴台灣。踏上基隆，就被溫暖的風與台灣獨特的甘甜香味所籠罩。那

の甘い香りに包まれた時の感覚と印象は未だに忘れません。

台北に至る車窓に次々と写る風景に魅せられ豊富な画材に胸おどらせました。台湾オフセット印刷会社の画室に入職して先輩の呉さん、事務所の黄さん、工場の王さんをはじめ皆さんに台湾での生活の学習をして戴きました。

休日は朝からスケッチ箱を肩に近郊を歩き画嚢をふくらませました。

川面に浮かぶ数百羽の家鴨を一本の竿で操る基隆川の牧歌的風景、気根が枝から幹を覆う様に垂れ下がるガジュマル。気の幹に直接まぶりつくようになるパパイヤ等珍しい植物や日光の東照宮のような華麗な剣潭寺、色鮮やかな孔子廟等々素晴らしい題材に囲まれる台湾は画家の卵には天国に思えました。

一九三九年兵役のためこの天国を去らねばなりませんでした。温暖の台湾から零下2~30度の酷寒の地、内蒙古派遣部隊に現地入隊をしました。軍隊では衛生兵科を受験して、教育学校で看護衛生学を習得して卒業と同時に医療機関に配属されて勤務することになりました。

時的感覺與印象，迄今難忘。

往台北的火車窗外，一幕幕呈現的風景迷住了我；豐富的繪畫題材，令我躍躍欲試。任職於「台灣オフセット印刷會社」的畫室之後，承蒙前輩吳先生、事務所的黃先生及工場的王先生等人的照顧，體會了台灣的生活。

假日一大早就背着素描箱，踱步於台北近郊，畫囊飽滿而歸來。

水面浮游着幾百隻家鴨，用一根竹竿指揮牠們的基隆河的牧歌風景。氣根從樹枝垂下而覆蓋了樹幹的老榕樹。直接附着於氣管葉幹而受庇護的木瓜等等珍奇的植物。有如日光東照宮的華麗的劍潭寺、色彩鮮艷的孔子廟等等。到處都有美不勝收的題材。台灣眞是孕育畫家的天國。

一九三九年，因服兵役，不得不離開這一天國。從溫暖的台灣被徵調到零下二、三十度的酷寒之地，入伍於內蒙古派遣部隊。在軍中報考了衛生兵科，在教育學校學習看護衛生學，畢業的同時被派到醫療機關服務。

この兵科選択は私にとって大変有益なことでした。一九四三年兵役を終えると再び台湾に帰りました。しかし第二次世界大戦の真っ最中のことで日一日と悪くなる戦況は全島空襲に曝される毎日で画業は断念のやむなきに至りました。

その頃(一九四五年)高地民族の住む蕃地(特別行政地區)では医師不足(皆無に近かった)に困窮していた総督府理蕃課から蕃地公医診療所で医療業務をと要請されました。乏しい知識で……と迷い躊躇しましたが、戦地での宣撫医療に従事した経験でお役に立てればと意を決し現地開業医として蕃地入り致しました。

皮肉なもので任地到達したその日が日本敗戦の日でした。着任はしたものの日本政府機関は消滅し代わって中華民国となり(私の國籍も)勤務を続行することになりました。

夫婦共々中国国籍となった以上蕃地に骨を埋める覚悟をしていたのに突如日系の中国人は送還せよ！との連合軍司令部通達で急遽日本へ引き揚げることになりました。

大局に押し流されるはかない運命であったと思います、一九四六年二月のことでした。

這次的兵科選擇使我獲益匪淺。一九四三年服滿兵役之後，再度回到台灣來。但第二次世界大戰戰火正熾，戰況愈烈，台灣全島每日遭受空襲，我不得不放棄畫業。

那時(一九四五年)原住民居住的〝蕃地〞(特別行政地區)醫師不足(幾近皆無)，總督府理蕃課頗爲頭痛，便要求我去蕃地公醫診療所任職。貧乏的知識怎能勝任？令我迷惘躊躇。但心想在戰地從事的宣撫醫療或可派上用場，便決心進入山地。

但令人感到諷刺的是抵達任所的那一天正是日本敗戰的日子。雖是到任，但日本政府機關已消失，成爲中華民國(我也改了國籍)，繼續服務。

既然我夫婦倆成了中國國籍，便決心埋骨於〝蕃地〞。但突然接到聯軍司令部通告：日籍中國人一律遣送歸國！便倉促離開台灣，撤回日本。

憑任時局的潮流沖盪而無法左右的命運呀，那是一九四六年二月的事。

日本が去り五十三年を経た今日、台湾は台湾人のたくましさで復興、発展を遂げております。心を残して去った私には救われる思いであります。

かつて一五九〇年、台湾海峡を通過したポルトガル船の航海者が言った「イーラ、フォルモサ」(嗚呼、何と美しい島よ)の言葉通り事実も思い出も美しい蓬莱の島であります。

この由加利樹林裏画冊、手記発見と発表の栄を与えて下さった張良澤先生のご彗眼、ご尽力並びに前衛出版社のご厚意に深く深く感謝御礼申し上げます。

一九九九年二月一日。

注釈

宣撫醫療：一戦歩兵部隊の醫務室勤務を午前中に終わると駐屯地の住民の醫療業務として現地住民の診察を致しておりました。作戦出勤中も暇を見ては現地の人達の施療を宣撫工作として治療をしました。余談ですが八路軍から私を生捕り(報償金一萬五千元付)指令が出た爲危険だと言うことで陸軍病院勤務になりました。

日本撤退迄今已五十三年了。由於台灣人的勤奮，台灣已復興、發展起來了。掛着心而離去的我，至此始感覺得救而卸下心頭重擔。

正如一五九〇年經過台灣海峽的葡萄牙船員所說的「咿——啦！福爾摩莎」(咿呀！多麼美麗的島啊)，台灣眞是名符其實令人懷念的美麗蓬萊仙島！

這本《由加利樹林裏》畫册，承蒙發現手記且賜予發表之榮幸的張良澤先生的慧眼及盡心盡力，且蒙前衛出版社的雅意，謹深致感謝之意。

一九九九年二月一日。

附注

宣撫醫療：上午於前線步兵部隊的醫務室工作完了之後，便外出營地，爲當地居民診察醫療。即使作戰勤務中，也要抽空替當地人民治病，是謂「宣撫醫療」。後因八路軍懸賞一萬五千元要活捉我，上級認爲危險，才把我調至陸軍醫院服務。

憶う
（憶）

夫人 芹田佳代子
（張良澤譯）

由加利樹林裏の御縁で張良澤先生にお目にかかる事が出来ました。私達と苦楽を共になさった方の様に懐かしささえ覚えました。

お話を伺って居りますうちに、深い先生の人間愛に包まれながら、二十一世紀を歩む人達の為に東奔西走、力の限りを燃焼されて居られる先生を仰ぎ尊敬致しました。

私の中での台湾は、戦中、戦敗、引き揚げ、と激動の3年間でしたが、温暖な気候と共に周囲の人々の温かさの中で過ごす事が出来ました。

「ふりむかば　涙とならん　月おぼろ」

「山河みな　異国となりし　春惜しむ」

基隆港で、幾日も引揚船を待つ間も、台湾の春に別れを惜しみました。

由於《由加利樹林裏》的緣份，認識了張良澤先生。似乎曾與我們共同渡過苦樂的人，令人感到特別親切。

交談中，深深被張先生的人類愛所包容。同時感受到爲了走向二十一世紀的人們而東奔西跑、全力燃燒自己的張先生，令人景仰尊敬。

在我生命中所渡過的台灣是戰爭、敗戰、遣送歸國的動盪的三年間。但溫暖的氣候與周遭人們的溫情，使我平安地渡過了那三年。

「回顧前塵　淚潸潸　月朦朧」

「山河皆成異國　更惜春」

在基隆港等着遣送船隻的那幾天，要惜別台灣的春天，眞是依依不捨。

私の思い出は千々にとはいえ、春風が頬をなぶる位のものでまことに皮相なものかもしれません。皆様に申し訳なく思って居ります。

はや半世紀を経た今、中秋の名月には、天女が奏でる音楽と夫が言ふ様に、どこからともなく、あやしげにして妙なる調べが聞こえてきます。

「杵音の　はづみいるらん　月今宵」

「杵音の輪に　満月は宿りけり」

今年も又雛人形を飾る季節がきました。

伝来の雛人形を届ける為にだけ危険をおかして渡台した母と共にその人形を濁水渓に流しました。

「引揚げの　決まりし日なり　雛流す」

「濁水渓　雛呑み込む　声あげぬ」

子供達が台湾に一度連れて行こうと何度も言ってくれました。日本の敗戦と共に、私達とは又異なる困難を克服されたと洩れ聞き、物見遊山的な旅をする気にはなれませんでした。

何故か私達は台湾に骨を埋めるつもりでしたか

我的回憶雖有千千萬萬，但都宛如春風撫頰般的膚淺回憶而已，眞對不起大家。

轉眼已過了半世紀，如今每到中秋明月，如同我丈夫說天女在奏樂，總會聽到不知從哪兒傳來的奇妙音樂。

「杵音跳躍　月今宵」

「杵音的圓圈裏　宿滿月」

今年又到了擺飾日本娃娃的季節了。

想起母親只爲了送來家傳的日本娃娃，便冒着危險帶到台灣。結果竟和母親一起把那些日本娃娃放流於濁水溪。

「決定遣送的那一天　放流娃娃」

「濁水溪呑食娃娃　不出聲」

孩子們一再要求帶他們去一次台灣。但傳聞日本敗戰的同時，台灣又面臨與我們不同的困難，便無興致去遊山玩水。

爲什麼呢？只因我們曾想埋骨於台灣。……

ら……。

張先生のおかげで、今故郷を訪ねる気持ちでいっぱいです。

張先生、皆々様、ありがとうございます。

「言の葉にならぬ　うれしさ　抱くおぼろ」

託張先生之福，現在滿懷重訪故鄉的心情。

謝謝張先生及台灣朋友。

「無法言喻的喜悅　抱朦朧」

台灣と私
（台灣與我）

長女 宍戸幽香里
（張良澤譯）

台湾には一度も行ったことがないのに私にとっては身近かな国です、世界地図のどこかもわからぬ幼少期から母が「台湾ではね」とその想出を断片的に話すことが幾度となくあった。

私には理解出来なかったこともあったように思うが母の話を聞くことが良い事をしているような思であり。共感出来ることであったのだろう、それは私の名前の由来でしょう。

私の名前は「ゆかり」両親が住んでいた屋敷のまわりを囲んでいたユーカリの木のように空に向って素直にすくすく伸びるようにとの願いが込められている。

小学校のときからよく名前の由来を尋ねられたがそのたびに説明するのにちゅうちょしながらも一応簡単に話す、そして必ず「両親の願いどころかその逆が今の私なの」と付け加えた。背が低く知能は極並みであ

我未曾去過台灣，但台灣對我而言，是近在身邊的國度。從我還不知世界地圖的東西南北的幼年時期起，母親就不斷地告訴我片片斷斷的回憶。

當時我大概還無法理解母親講的是什麼，但知聽母親講話便是好孩子。只記得最引起我共鳴的是講到我名字的由來。

我的名字唸「ゆかり」，象徵包圍雙親住宿的宿舍的由加利樹似地，矗立朝向天空而單純地不斷成長。這是雙親對我的寄望。

從小學開始就常被問起名字的由來。每次我都難以啓齒，但也做了簡短的說明，然後必加上一句：「與雙親的願望相反的，變成現在的我。」身裁矮小而智能平平的我，實難接受這樣的名字；唯一好處就是引人注目

る私にとってなかなか受入れ難い名前だが何かと目立って徳したことも確かである。

小学校のとき父が突然「ユーカリの木を見に連れて行こう」と云うので弁当を持ち滅多に乗らない汽車に乗って「新田原」と云う駅で下車した、暫く歩くとトラピスト修道院に着いたと記憶している。

父は数種類のカメラを担ぎ私は三脚を持った、父は青空に向って真っすぐ伸びているユーカリを見上げながら「台湾のユーカリはもっと背が高かった、きっと気候の違いだろう」と云いながら高砂族の人達との共同生活の話をしてくれた。

その内容は余り覚えていない、しかしサファリージャケットを着た父がユーカリのてっぺんを指差し撮影している姿は今も鮮明に覚えている。その後も再度父と新田原を訪れたと思う。

ユーカリの木は日本では珍らしく再びこの木に出会うチャンスがあった。多摩動物公園にコアラが来た時である。

コアラは前評判通りユーカリの木のてっぺんにしがみついて眠っておりユーカリの木と葉を見たにすぎなかった。子供達はがっかりしたが私は満足して帰った。

而已。

小學時候，父親突然說要帶我去看由加利樹，便帶了便當，搭上平時很少坐的火車，到了「新田原」站下車，走一段路就到了天主教修道院。

父親背着數種照相機，我提着三腳架。父親抬頭望着矗立伸向青空的由加利樹，說：「台灣的由加利樹長得更高，一定是氣候不同的關係。」並述說了與高砂族人共同生活的故事。

內容已不太記得了，但穿着狩獵裝的父親一邊指着由加利樹一邊攝影的姿影，至今還鮮明地映在腦海裏。其後又與父親去過新田原一次。

由加利樹在日本很稀少，我再次看到它是在澳洲無尾熊初來多摩動物園的時候。

果然如同傳聞，無尾熊緊抱在由加利樹的樹梢睡覺，只看到由加利樹和樹葉，孩子們大失所望，我卻滿足而歸。

た。

台湾は私にとって未知の国であるにもかかわらず訪ねたことのあるような錯覚を覚えることがしばしばある、テレビや新聞を見るとき「台湾」の文字はすぐ目に止るし旅行のパンフレットを手にした事も度々である。

私の名前は問題になりやすい。字画が悪いから変えた方が良いと云った人もあった。私は両親が台湾での思いを込めたこの「幽香里」が好きであるし私の個性にピッタリと思う。

戦後五十年余り、両親は第二の故郷と思っているのではないだろうか。母が「台湾に居た時はねー」と話すときは多くの苦難を乗り越える時に、自分で自分を勇気づけていたのではないだろうか。当時の母の歳を遥かに越えた現在、母が台湾に馳せる気持ちが微かに分かるような気がする。私の長年の夢、それは台湾の地をこの足で踏みユーカリの木を見上げたい。勿論両親と一緒に。

台灣對我而言是未知的國度，但常錯覺我曾去過台灣。看電視或報紙時，「台灣」兩字出現時，最容易令我注目；也常常拿台灣旅行的宣傳單來看。

也有人說我的名字容易誤解，筆劃也不好，勸我改名字較妥。但我既喜歡這含有雙親思念台灣的「幽香里」，且與我的個性很貼切。

戰後五十多年來，雙親無日不在思念第二故鄉。母親每當遇到非克服不可的苦難時，便會說：「當年在台灣時……」用來爲自己打氣，鼓起勇氣前進。我現在已遠超過當時母親的年齡，才稍稍瞭解母親奔馳於台灣的心情。親自踏上台灣的土地，仰望由加利樹，是我長年的夢。當然要與雙親一起去。

「ビーフン」（米粉）

長子 芹田 彰
（張良澤譯）

小学生のころ、居間の中央には大きなテーブルが据えられていた。食卓であり、私達の勉強机であり、父の仕事机でもあった。父の描く絵や修正が施される写真にわくわくして見入った。父は仕事をしながらよく自慢話をした。絵が好きで、台湾に渡ってデザインの仕事をしたこと。あるいは診療所のこと。デザインと診療所と何の脈絡もないのだが、父にしたら台湾の話をしているだけだったのだ。しかしその話にいつも引き込まれた。

我が家は客の多い家だった。それも予定された客よりも不意の客の方が多かった。居間は客間にすぐさま変じ、私達子供は二階に追いやられることもしばしばだったが、客の訪問は大歓迎だった。不意の客がある時は、母は有り合わせの材料でビーフンを作り、もてなすのが習いだった。大皿に盛られ湯気の立ったビー

小學時候，起居廳中央擺着一張大桌子。那是飯桌，也是我們的讀書桌，也是父親的工作桌。我曾入迷地看著父親在畫畫或整修相片。父親常常一邊工作，一邊自吹自捧因爲他愛畫畫而赴台灣從事美工設計或診療所之事。美工設計與診療所兩者之間無任何脈絡可尋，可是在父親口中，都變成台灣的故事了。我常聽得入神。

我家客人多。而且，比預定的客人來得更多的是不速之客。於是起居廳馬上變成客廳，孩子們就被趕上二樓去了。但我們還是最歡迎有來客。因爲有不速之客時，母親便把現有的材料拿來炒米粉招待客人；我們便期待着那盛滿大盤子的熱氣騰騰的炒米粉或許會輪到我們這兒來。母親的炒米粉是最獲佳評的。

フンが、いずれ私達に回ってくるかもといつも期待していた。母のビーフンはとりわけ評判だった。

今、改めて父と母の出発点が台湾であったと気づかされる。父の話から私が最初に知った国であり、父と母の故郷のような懐かしい響きを覚える。

現在，我重新認知父母的出發點是台灣。那是我從父親的口中認識的第一個國家，聽來總覺有如父母的故鄉的那般情懷。

父と母の台灣
（父母親的台灣）

次女 江島真理
（張良澤譯）

小時候就常聽父母說很久以前曾在台灣住過。那是什麼時候的事、怎麼一回事，我全然不能理解。只是母親講台灣的故事，對幼小的我而言，好像天方夜譚那般的催眠故事。

日本的梅雨季節過後，便接連着難以入眠的夜晚。這時，媽媽便開始說道：「在台灣，西北雨一來，到了黃昏就突然天晴，然後就是清爽的夜晚。庭院裏有一棵木瓜樹，樹幹上掛着四、五個青青的木瓜，被夕陽一照，就變成金黃色，好像馬上可以吃的樣子。」台灣的牧歌情調的風物，以及生活種種，母親在枕邊細語着，可是我都沒聽到最後就入眠了。

父と母が遠い昔、台湾で暮らしたことがあるということは、子供の頃よりよく耳にしていました。それが何時のことなのか、どうしてなのか、全然理解できないまま、母が話してくれる台湾の話は、幼い私にとって千一夜物語のような寝物語でした。

日本は梅雨があける頃から寝苦しい夜が続きます。そんな時、「台湾ではね、スコールが来て夕方にはカラっと晴れてさっぱりした夜が来るのよ。庭にパパイヤの樹が一本あって、4つ5つついていた青い実が夕日に映えると、今にも食べられそうな熟れ色になりうっとりしたものよ」母はこのような調子で話し始めます。台湾の牧歌的な風物や、暮らし方など色々語ってくれたようですが、いつも最後まで話しを聞き終わらないうちに、スヤスヤと寝付いてしまっていたようです。

両親が共に見事な孔子廟に詣で、竜山寺で線香の香に包まれ合掌できたことはただの一度だったそうですが、この時の話しは度々聞かされました。

激しい空襲が始って以来の事は、父も母もあまり話そうとしませんでした。

敗戦の日に山に入ったことから武界社のことは、時折聞くことがありました。トーフレイで休憩していた時、パタパタと音がしたかと思ったら、目の前をスーと山鳥が通りすぎ、その鳥の羽の色があまりにも色鮮やかで二度と見ることはなかったけれど、あれは、キジの仲間だったのかしらと、母は、この時のことを時々思い出して言っていました。

蕃社から一番家へ出入りしていた子はキョチャンだそうです。牡丹柄の刺繍の帯を解いてノースリーブの上着にして着せたらとても喜んでピョンピョン兎の様に飛んで帰ったそうです。母は、その時のキョチャンの喜ぶ姿が今でも目に焼き付いているようです。

お雛様の話は、一番私の心に残っています。

「お雛様、残念ね」と私が言うと、「あんな立派なものはいらないの。今でも形代といって子供の無事を祈って紙のお雛さまを流すところもあるのよ。だからお

母親也常常提起爸媽兩人一起參拜過莊嚴肅穆的孔子廟，也去過一次龍山寺，在香煙裊裊中合掌膜拜。

可是開始猛烈空襲之後的事，爸媽都很少提起。

戰敗那天入山之後，在武界社的生活，時有所聞。母親回憶道：「在多福嶺休憩的時候，忽聽到啪啪聲，一看，眼前飛過一隻山鳥。那翅羽的艷麗色澤，以後再也沒看過。大概是雉鷄的一種吧。」

部落的孩子最常到我家的，聽說是名叫阿京的小女孩。母親把繡有牡丹花的衣帶拆開，做成無袖的洋裝給她穿上，她便像小兎似地蹦蹦跳跳回家去。那時阿京小姑娘的欣喜背影，如今還映照於母親眼眸中似的。

日本娃娃的事，最令我印象深刻。

「那些娃娃，多可惜呀。」我說。母親就回答道：「那麼漂亮的東西不需要了。現在不也有〝替身〞的習俗嗎？爲了祈求孩子的平安，就把紙做的娃娃放水流

兄ちゃんやお姉ちゃんがひどい病気をした時はあのお雛様が身代わりになってくれたと思っているのよ。」という母の返事でした。私は胸が痛くなりました。

私が両親を通して台湾を感じるのは、やはり、食生活です。箪笥や下駄箱など家具らしい物がまだ家にそろっていなかった頃、父が知り合いの金物屋さんから一番大きな台湾鍋を買ってきました。この時母が作ったキャムサイ(細切りした高菜漬けと豚肉の炒め物)はこの後度々我が家の食卓に登場することとなりました。あっという間に蒸し器や火口鍋、大皿とそろいました。この時の大皿を今は私がお客様のおもてなしに使っています。父が「今日は鍋にしよう」と言った時は、おもむろに母が火口鍋を出してきて、中身はたいしたものでなくても鍋の中心に入れた炭火が赤々と燃えてグツグツ炊けてくる音をききながら待つのが楽しいものでした。

思い出すと今日は「フカヒレよ」という日が、度々ありました。長じてフカヒレの高価さを知り「フカヒレと言って食べていたのは何なの？」と聞くと、両親は笑い転げました。母はちょっと頬を赤らめ「市場に行ってフカの湯引きを買うとヒレはただでいただけた

呢。所以當妳哥哥和妳姊姊生重病時，那些娃娃便成了替身了呀。」我聽得心裏很難過。

我透過父母親而感受到台灣的，還是食物。我家在還無法購置衣櫥、鞋箱之類的傢俱的時候，父親就從一家熟識的五金行買來一個最大的台灣鼎。母親用這個大鼎做出「鹹菜炒豬肉」的名菜，常常登上我家的餐桌。不久，蒸鍋或火口鍋、大盤子等道具都齊備了。這個大盤子現在我還用來招待客人。只要父親一說：「今天來火鍋吧。」母親就拿出火口鍋，雖然裏面放的不是什麼了不起的材料，但從鍋心放進炭火，燒得紅紅的，一邊聽着咕滋咕滋的煮沸聲，一邊等待開鍋的心情，眞是快樂極了。

想起來，父親也常說「今天吃魚翅吧」。長大之後才知道魚翅是很昂貴的東西。「說是吃魚翅，到底吃的是什麼呢？」聽了我的問話，父母親便笑得前俯後仰。母親紅着臉頰說：「到市場去，說要買生魚翅，人家就免費送你啦。把生魚翅曬乾，再用開水煮，煮久了，膠

の。ヒレは生干しにしたり、ゆでてみたりしているうちに膠質がうまくとろけるようになってスープに浮かしてみると台湾で食べたフカヒレの味がしてきて、ああこれだと度々市場行きしていたのよ。それから何時の間にか高価なものになって市場で見かけることがなくなってしまったの。」とのことでした。

我が家はお客様が多く、鶏の丸蒸しがメインでした。私は鶏の紅の頭が恐くて嫌いでしたが、兄はお下がりの骨むしりを喜んでいました。そして、最も台湾を感じさせる料理がビーフンであり、竹の皮に包んだ中華ちまきです。

父が食事療法を必要とするようになって以来、母は、忘れたように、この様な料理に興味を示さなくなりました。今では、私が時々、母の真似をして台湾料理を作ってみますが、なかなか母の味は出せません。いつの日か、母の台湾の味を引き継ぎたいと思っています。そしてわたしが母から教えられた言葉があります。それは「一期一会」です。

私が幼い頃家計は決して楽ではありませんでした。でも母はいつも来て下さったお客様に対してその時に出来る最善のおもてなしをこころがけていました。今

質就溶化成糊狀。把它放進菜湯裏，味道就同在台灣吃的魚翅羹一模一樣。知道了這個秘法之後，我就常去市場了。後來不知不覺之間，就變成高價的東西，在市場裏就看不到了。」

我家客人多的時候，蒸鷄便成了主菜。我最怕看到那紅紅的鷄頭，而哥哥最喜歡啃人家吃剩的鷄骨頭。而最能令人感覺到台灣料理的是米粉和用竹葉包起來的粽子。

自從父親必須注意食物療法之後，母親好像忘掉了這些東西，再也不對這些料理感到興趣了。如今，我偶而模仿母親做做台灣料理，但總做不出母親的味道。我總希望有一天能承繼母親的味道。可是母親教給我的是「一期一會（人生際遇當珍惜）」這句話。

我幼小時候的家計絕不是寬裕的。但母親對於來訪的客人，一定盡最大努力來招待。現在我已漸漸能體會那用心了。

その意味がわかるような気が致します。

台湾は両親にとって出発点であり、台湾の方々と一緒に暮らした経験から、隣人を愛し共に手を取り合い助け合って生きていこうという我が家の家風ができたのではないかと思います。

戦後五十年あまり経た今、張良澤先生が父の原稿を手にとって下さったことはまるで奇跡がおこったかのような思いです。

両親は台湾を深く愛し、もう一度訪ねたいと思いながら、どうしても訪ねることが出来ませんでした。

張先生にお目にかかれたことでようやく、台湾を二人の故郷として訪問することができることと思います。

張良澤先生はじめ「由加利樹林裏」出版にご尽力下さいました皆々様に深く感謝申し上げます。

台灣是我父母親的出發點。也許由於有了和台灣人共同生活的經驗，才培育了愛隣人、與人相助共存的我家的家風吧。

戰後過了五十多年的今天，張良澤先生拿了父親的原稿來訪，可眞是奇跡。

雙親深愛台灣，一直想再訪台灣，可是總不能也不敢前往。

由於見了張先生，好不容易才有實現重遊故鄉夢的可能。

在此謹向張良澤先生及爲出版《由加利樹林裏》付出辛勞的朋友，致上深摯的謝意。

圖繪

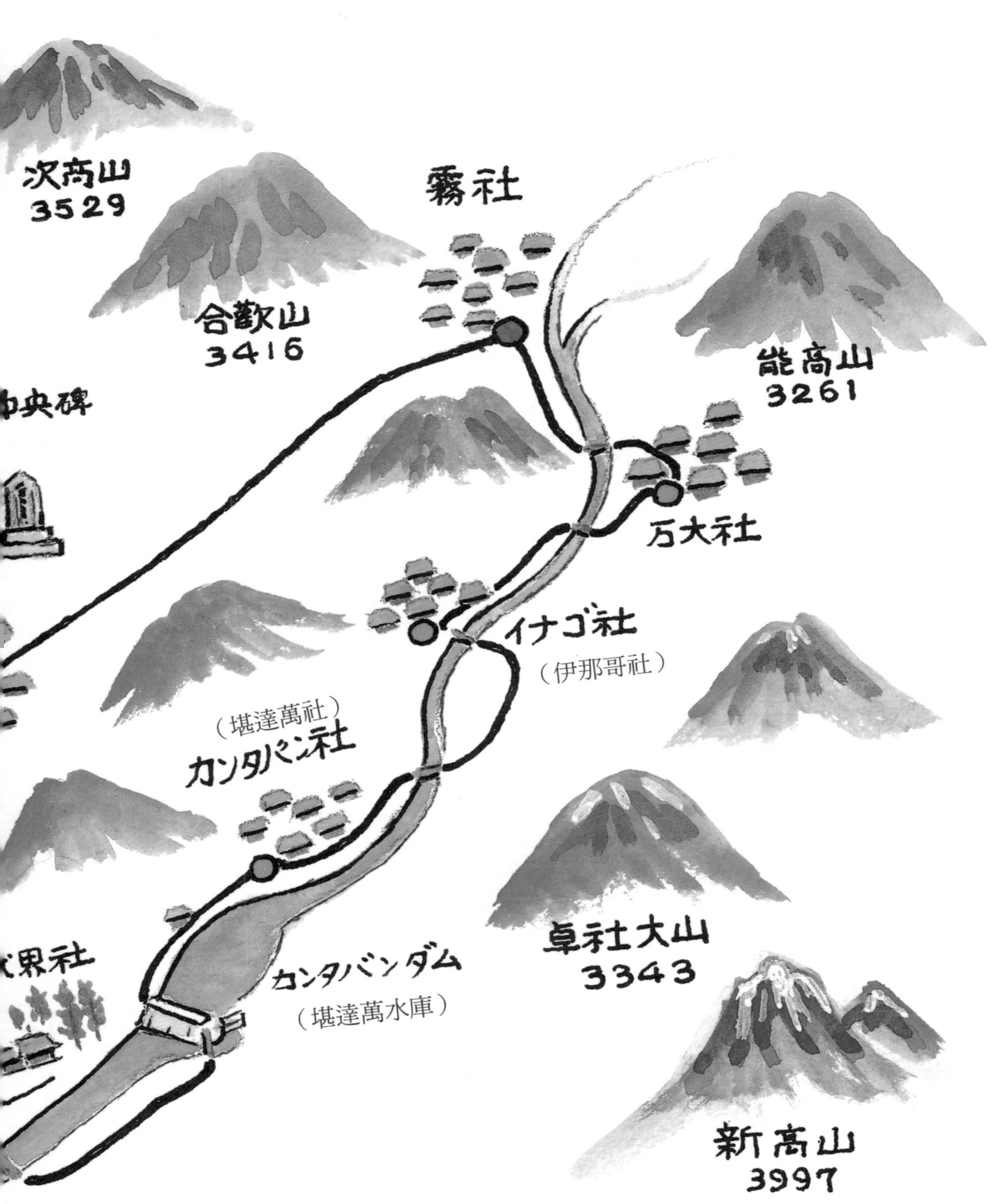
次高山
3529
合歡山
3416
霧社
能高山
3261
央碑
万大社
イナゴ社
（伊那哥社）
（堪達萬社）
カンタバン社
卓社大山
3343
界社
カンタバンダム
（堪達萬水庫）
新高山
3997
K.S

1 台中州能高郡 武界公医診療所所在地 位置図

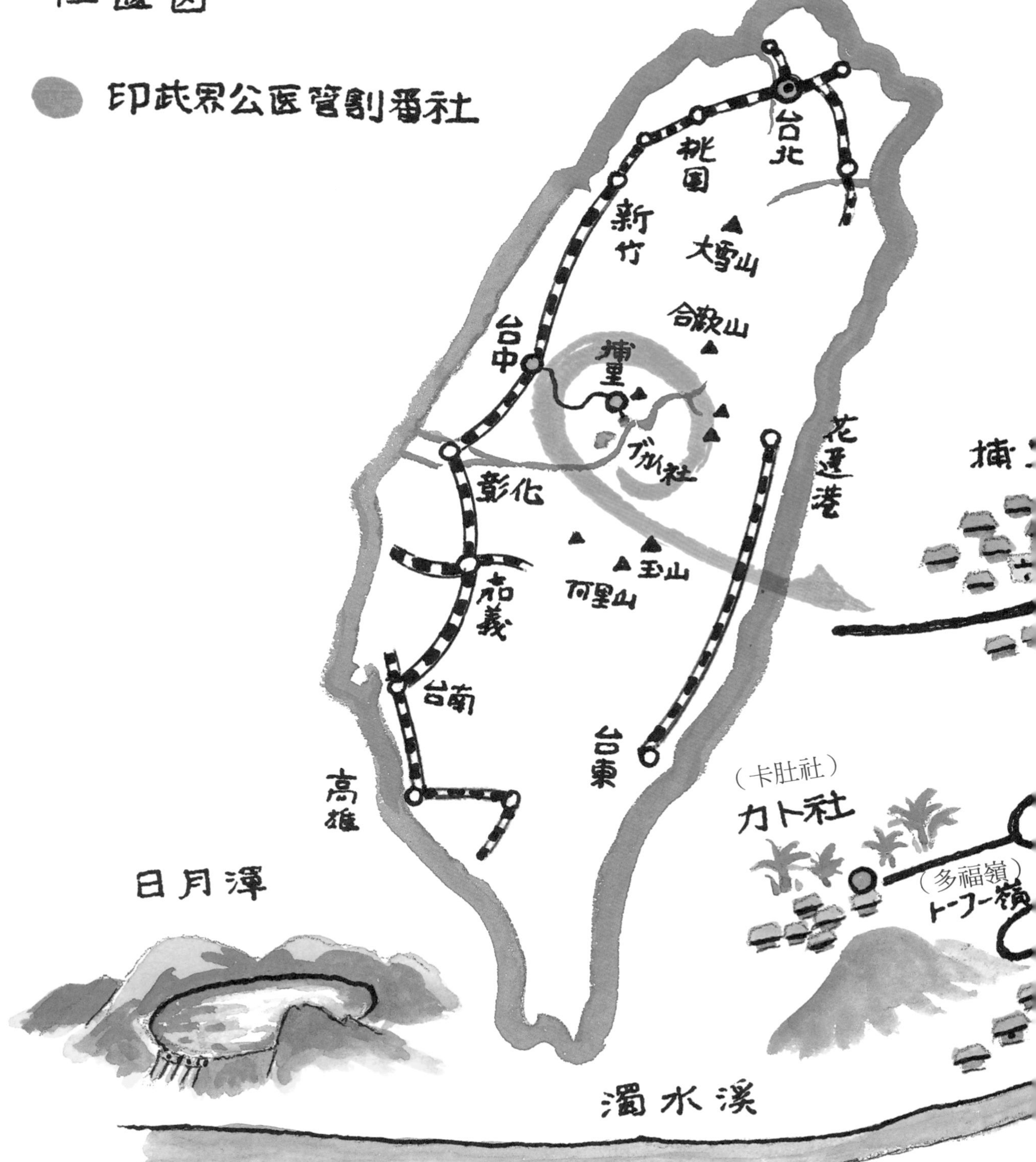

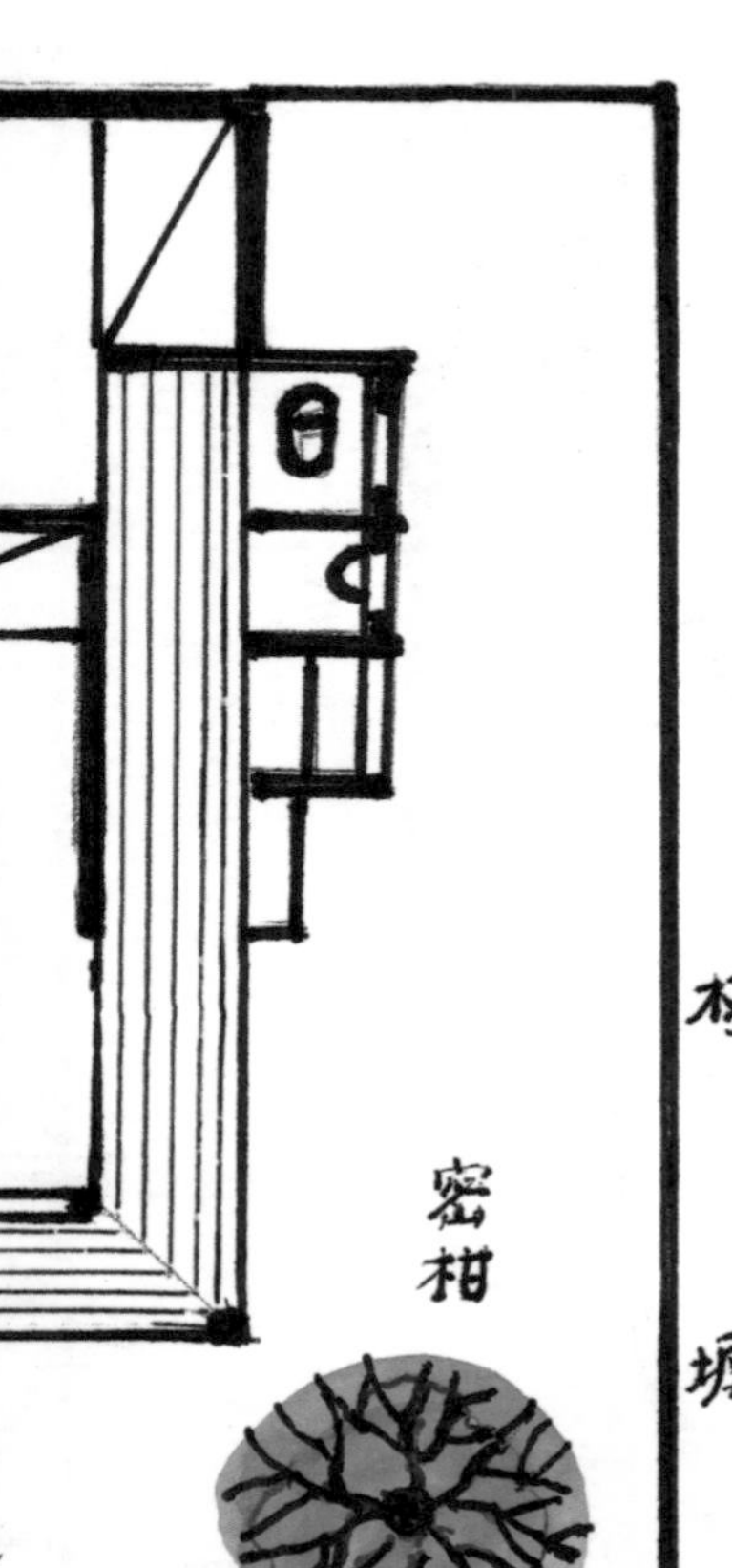

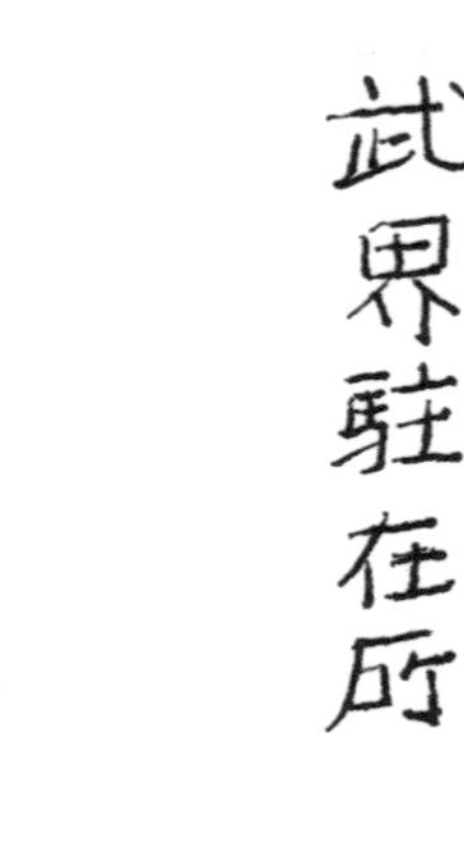

武界駐在所

板塀

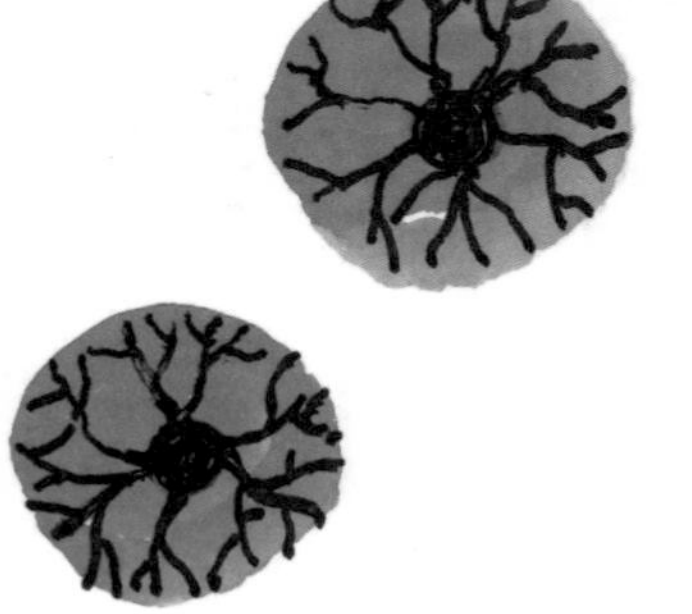

ユーカリ樹
（由加利樹）

武界公医診療所見取図 K.S

2 診療所

記憶を辿り書いた診療所の間取図。

診療所

追尋記憶而畫出的診療所略圖。

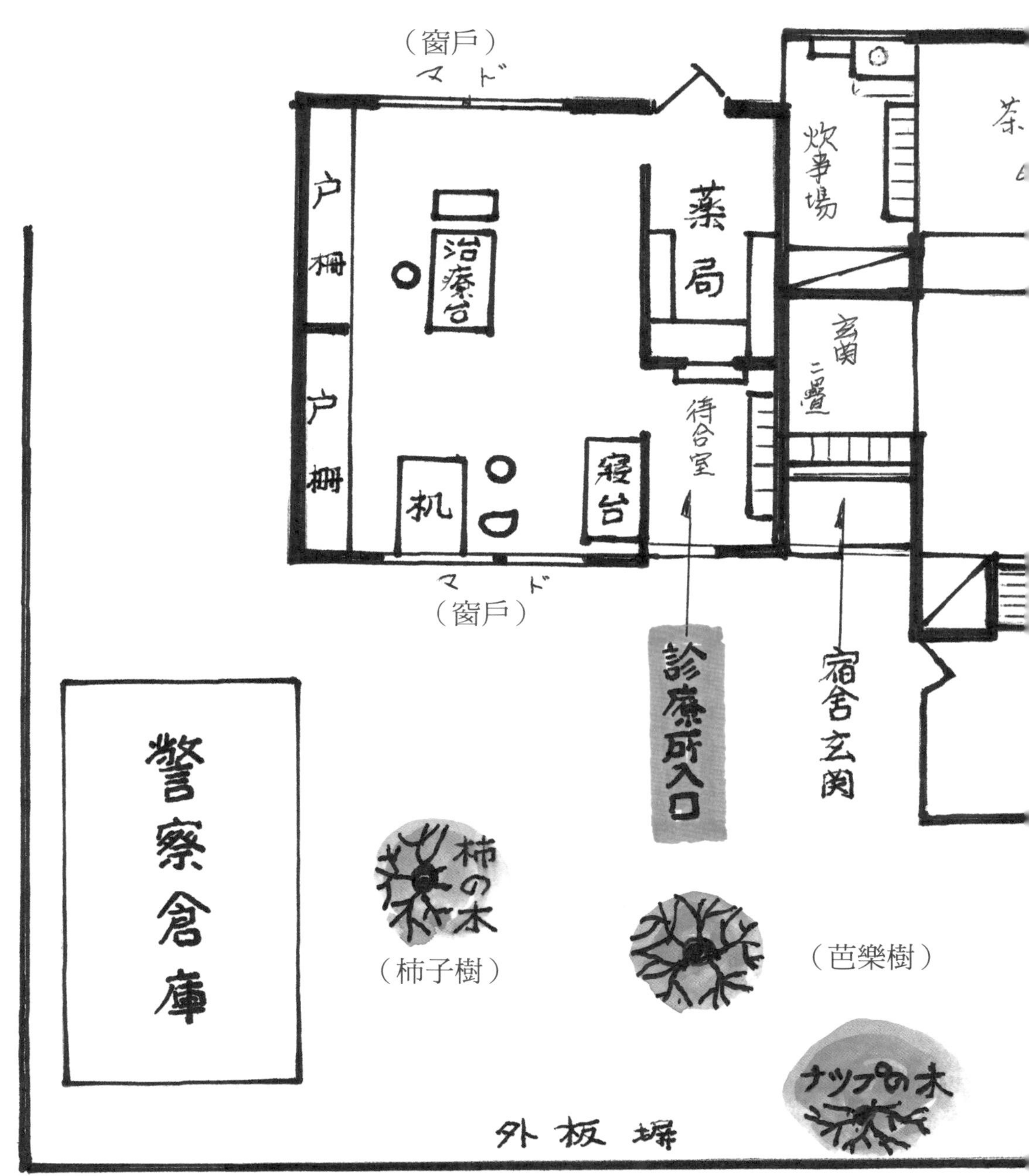
雞小舍
（窗戶）
マド
茶
炊事場
戸柵
治療台
藥局
玄関
二疊
戸柵
待合室
机
寢台
マド
（窗戶）
診療所入口
宿舍玄関
警察倉庫
柿の木
（柿子樹）
（芭樂樹）
ナツプの木
外板塀
道
路

藩地ブカイ社全景 KS

3 ブカイ社の全景

トーフ嶺の峠を登りつめると眼下の渓谷にスポットライトを当てたようにブカイ社が見えた。濁水渓のほとりに展開した、水田を持つ集落は静謐な別世界の感がした。

武界社全景

攀登到多福嶺上時，脚下的峽谷中，像被舞台燈照射的武界社呈現在眼前。擁有水田而展開於濁水溪畔的部落，予人靜謐的另一世界之感。

集市貯具器（西漢．公元前206～公元8年）
1992年3月雲南省江川縣李家山69号出土
上海博物館にて

蕃布を織るブヌンの女 K.S

4 集市貯具器與布農族的織布

譯者按：芹田畫伯於上海博物館看到西漢時代之「集市貯具器」之上端有農家生活之塑雕，其中坐者爲織布像，其形狀有如布農族之織布。畫伯特感有趣，畫下來以供後人參考云。

台湾オフセット画室時代の作品　K.S 記

5 思い出のデザイン

台湾オフセット時代に制作した専売局の煙草のデザイン、「さくら」は台湾陸軍用で「牡丹牌香烟」「平和」は中国本土向けにデザインをした。兵役前で十八、九才の頃の記憶で画いた。

懷念的圖案設計

任職於台灣印刷會社時所製作的專賣局香煙盒圖案。「櫻花」是台灣陸軍專用香煙；「牡丹牌香煙」與「和平」是輸出中國大陸用的。憑服兵役前的十八、九歲時的記憶重畫出來。

イナゴ社（タイヤル族） K.S

6 イナゴ社（タイヤル族）

精悍な性格のタイヤル族は部族の身を護る習性が天恵の要害の地を選ぶのであろうかイナゴ社は山の背に張りつく様に集落を形成していた。

伊那哥社（泰雅族）

精悍性格的泰雅族具有保衛部族的習慣。選擇了天險要害之地，緊貼山背而形成了伊那哥社的聚落吧。

7 頭目のポートレート

頭目のタカナンカツポ氏で日本名は高山さんと云っていた。ブカイ社きってのハンサムで実力者の貫禄を備えていた。

頭目的畫像

頭目多迦南卡步的日本名叫高山。是武界社首屈一指的美男子，具有實力者的威風派頭。

8 〃頭目章〃

総督府が交付していた徽章で大事にしていた。

〃頭目章〃

總督府頒給的徽章被慎重地保管着。

臺灣総督府 頭目章

K.S

9 ブヌンの家屋

容易に採れる石板石で屋根や壁に使用した家屋を建てていた。建築智識は駐在所の警察官が教えたと云う。

布農的家屋

用容易採取的石板石來做屋頂與牆壁而建造家屋。聽說這種建築知識是駐在所的警察官教他們的。

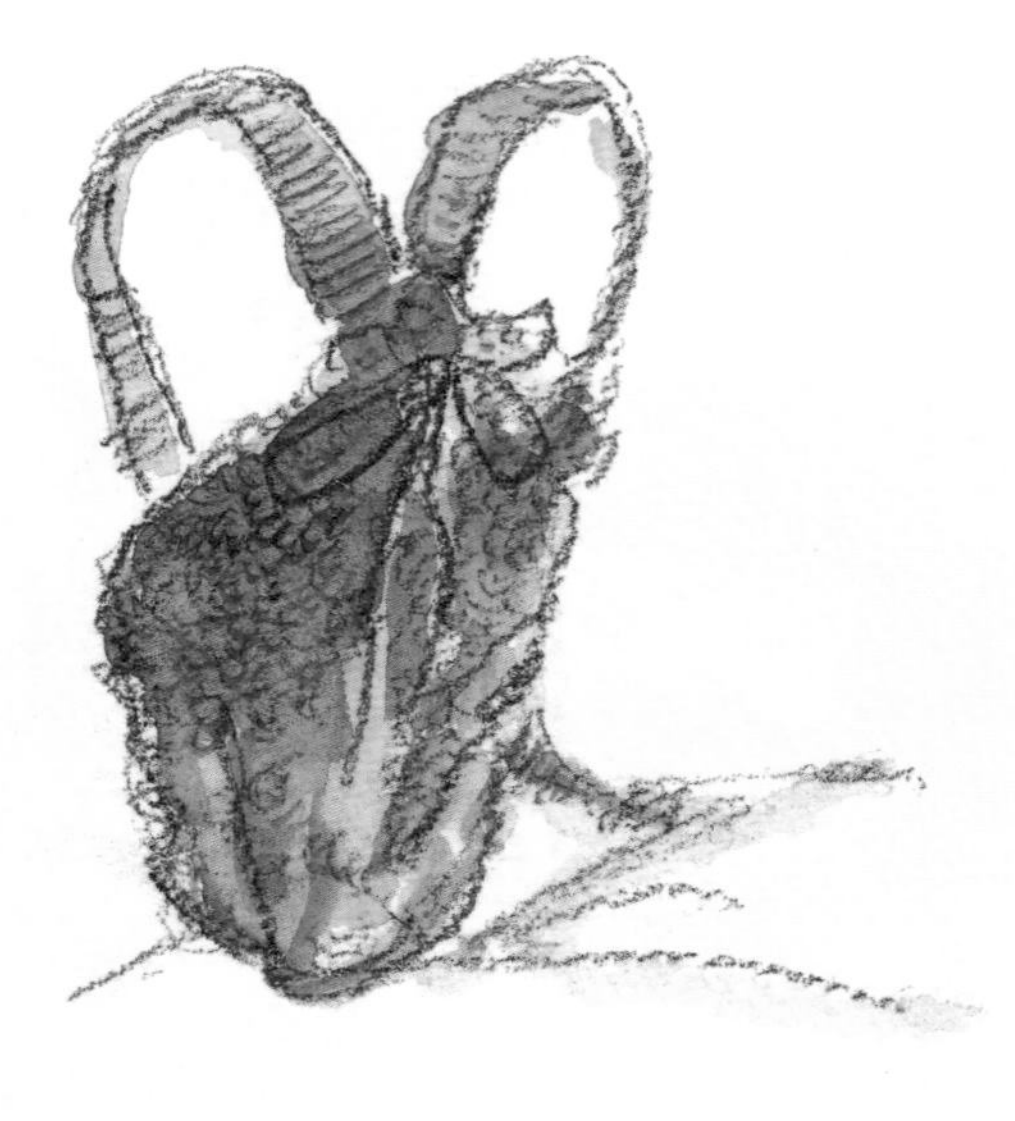

パラガンとタウカン
ブタンの搬送用具
K.S

10 パラガンとタウカン

頸柱で荷重を支える女性のパラガン(籠)と男性の使用するタウカン(リュック風)の使い分けていた。

"巴拉根"與"斗堪"

用頸部扛重物的道具分成女用的「巴拉根」(籠狀)與男性使用的「斗堪」(類似背包)兩種。

11 看護婦のキミ子さん

ブカイ社一のインテリであった。蕃社での生活、交際の仕方を教えて呉れた。謝々。

護士君子小姐

武界社最高知識分子。指點我在蕃社的生活與交際方法。謝謝。

12 タイヤルの女

ブヌン族の濃褐色に比しタイヤル族は色白で麻系をつむぐバンダイ社の女性は美人であった。

泰雅族女性

比起布農族人的深褐色，泰雅族的膚色白皙多了。捻麻線的萬大社女性是個美人。

ブヌンの食事　K.S

13 ブヌンの食事

大きい台湾鍋に炊き上った米飯を囲んで食事をする。副食は僅かな塩と蕃胡椒のみであるがブカイ社の人達は五十甲歩の水田を持った豊かな蕃社であった。

布農族的吃飯

用台灣大鼎煮出來的米飯，一家人圍着吃飯。副食只有少許的塩巴與蕃胡椒。武界社族人擁有五十甲水田，是較為富裕的蕃社。

14 ブヌンの水汲み

廻りの山に自生する木や竹総てが彼らの日常生活用具として合理的活用されている。

布農族的汲水

周圍山中野生的樹木與竹林，都被做爲生活工具而合理地活用。

台湾竹林

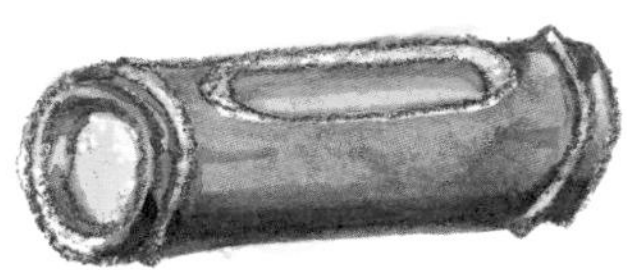

合飲用竹杯

会食用大食器

ブヌンの飲食用具 K.S

15 食器

豊富な竹材は食器として活用されている、生活の智恵。

食器

豐富的竹材被活用做成食器，可謂生活的智慧。

16 ブヌンの畑作

極端に短い鍬の柄に驚いたが山の斜面を耕すので納得した。

（焼畑農業）

布農族的耕種

極短的鋤頭柄令人驚訝，但利於山坡斜面的耕種，不覺稱妙。

（燒山農業）

榾火で煖を採り乾寝するブタン K.S

17 睡眠

冬期は霜も降る高地のブカイ社では焚火を囲んで板一枚のベッドで睡眠をとっていた。

睡覺

冬季會降霜的高地武界社，圍着焚火，用一條木板當作床而睡覺。

18 火種

火種を絶やさないブヌンは畑にも榾火を吹きながら持って行くほほ笑しいと思った。

火種

布農族人爲了不讓火種熄滅，外出耕種時便用油木接火，邊走邊吹氣，令人會心一笑。

19 ブヌンのパイプ

竹の根を蕃刀のきっ先で見事に彫り手作りの葉煙草を刻んで喫煙する。

布農族的煙斗

用蕃刀的尖端靈巧地雕刻竹根，做成煙斗。拿自己種的煙葉切成煙絲來抽煙。

20 杵搗き

大木をくり抜いた臼で精米から超微粒子の粉迄搗くブヌンの女性達、喋りながら唄いながら根気良く搗いていた。

搗杵

把大木頭挖空心做成臼。以杵搗臼，把稻粟去殼，甚至搗成超微粒狀的粉。布農族的婦女們邊聊邊唱，很有耐心地搗着。

21 布を織るブヌンの人

自生する麻の木を切り木皮を剥ぎ谷川で水に晒らし砧（きぬた）で打ち柔らくして細い繊維として糸をつむぎ手織り機で一枚の布を織り上げる気の遠くなる様な工程を経て出来る蕃布はブヌンの一生に連添う。

布農族的織布

砍下野生的痲樹，剝下樹皮，泡於溪水中，再用木棍把它打碎，變成細細的纖維。捻成痲線，用手織機織成一塊布。經過這漫長的過程而做出來的蕃布，便陪伴布農的一生。

22 薪とり

颱風の後は川原（濁水溪）はさわがしくなる。流れついた流木に蕃刀をふるうブヌン達が薪を採るのである。

砍柴

颱風過後，濁水溪的河床就變得熱鬧起來了。布農族們揮舞着蕃刀，砍着漂流下來的流木做爲柴薪。

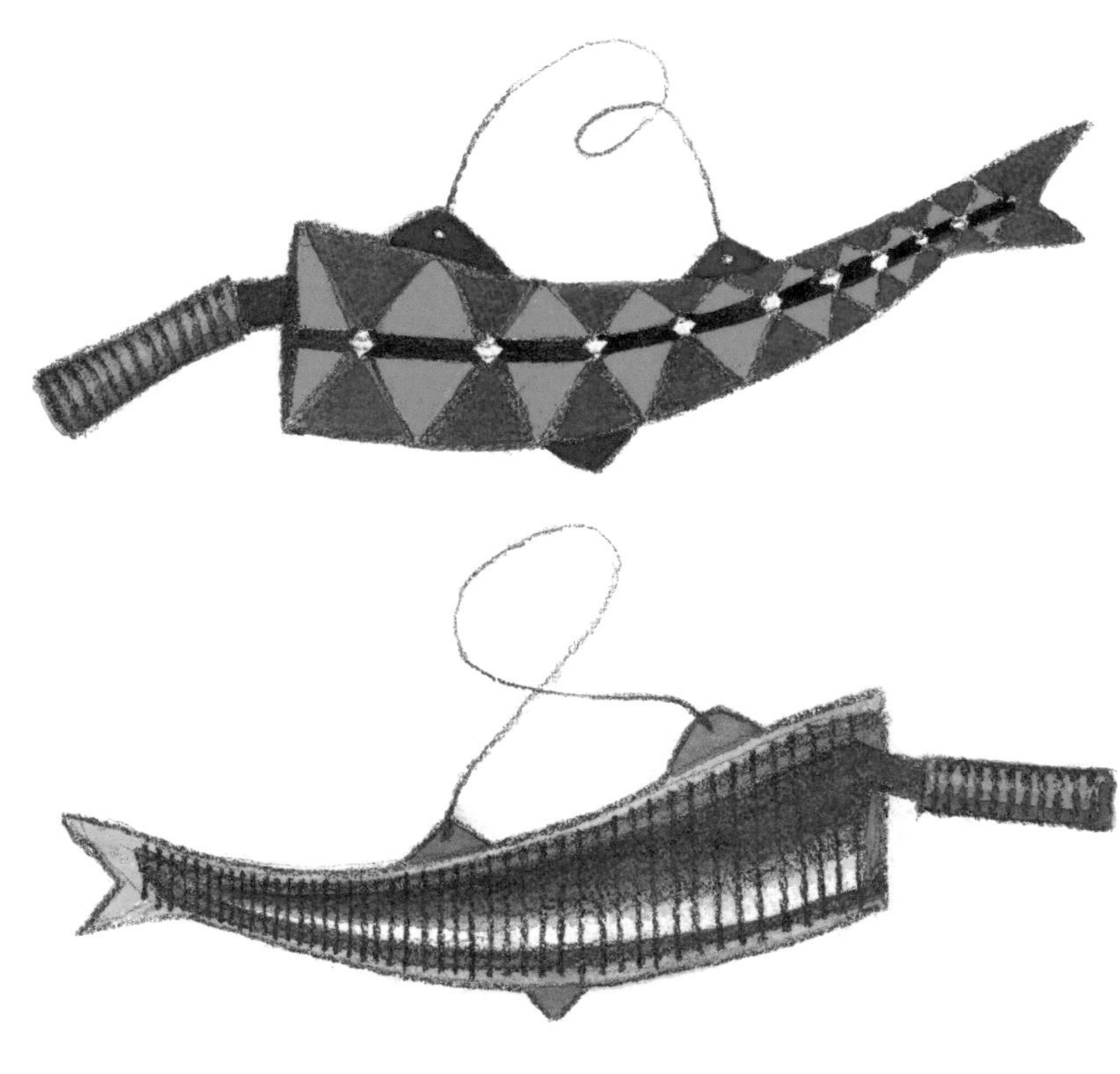

蕃刀 K.S

23 蕃刀

何処で作っているのか彼らの必攜品である。蕃刀はデザイン、機能共に合理的に出来ていた。大は家から小は彫刻迄も作る万能の用具である。

〃蕃刀〃

不知是哪裏做出來的，他們的隨身携帶品。蕃刀的圖案或機能，都做得非常合理。大至造屋，小至雕刻，可謂萬能工具。

24 タイヤルの狩猟

半弓を横に構えるタイヤルの鋭い眼差しと百パーセントに近い命中率に野性の逞ましさを感じた。

泰雅族的狩獵

橫拉半弓的泰雅，銳利的眼神與幾近百發百中的命中率，令人感到野性的猛勇。

出草の儀式 K.S

25 出草の儀

旧蕃童教育所の校庭でブカイ社全員で帰国する私達に送別の宴を開いて呉れた。酒宴の後で首狩りの出陣(出草と云う)の儀式をして見せて呉れた。篝(かがり)火の薄明りの中の儀式は鬼気迫るものであった。

出草儀式

在舊蕃童教育所的校園裏，武界社全體族人爲了即將歸國的我們開了歡送宴。酒宴之後，表演了割首級的出草儀式給我們看。在篝火的昏暗中的儀式，逼眞得令人毛骨悚然。

26 首狩り凱旋

奇声を合図に闇の中から首狩りの一行は校庭を一巡してパレードを行った。凱旋の儀式が終ると祝宴が開かれた。

〝刈首〞凱旋

怪聲的信號一下，從黑暗中跑出一隊去〝割首級〞的人們，在校園中繞了一圈，舉行慶賀遊行。凱旋儀式完了之後，就開祝宴。

27 ファミリーの移動

豚や鶏等家畜も全部ブヌンの一家は田園の工作小舎に出勤する。何とも愛しい光景である。

家族的移動

豬、鷄等家畜是布農的一家人。一家人同時出門前往田園的工寮。何等可愛的光景呀。

豚の保温ベッド(病めるブヌン) K.S

28 豚の保温ベッド

熱発患者を往診したら、二頭の豚の間に蓄布にくるまって震えていた。ぢいっとベッド役をしていた豚に感心した。数日後彼は快癒した。

豬的保暖床

往診發燒的病人，看到病人裹着蓄布，挾在兩頭豬之間發抖。一動也不動，一直忠實於職責的豬，令人感動。幾天後，病人痊癒了。

29 蕃布

蕃布に包まれた幼児。
蕃布は幼児の一生に連添う。

蕃布

被包紮於蕃布中的幼兒。
蕃布陪伴此一幼兒的一生。

蕃布でネンネコ K.S

30 ザボンの木

二人の分だけ取って工作小舎に行くブヌンの人達は大地の恵みは蕃社全員の共有物で原始共産主義と云えるのであろう。行儀の良さに感じ入った。

柚子樹

摘取兩人份的柚子帶去工寮。布農族人認爲大地的恩惠是屬於蕃社全體人們的共有物。可謂原始共產主義吧。良好的規矩令人佩服。

31 水牛の懲罰

人の物を盗むことは悪であることを知らないブヌンの人達に勧善懲悪の意識を教えるために畠の野菜を食べた水牛が篠つく雨の中を幾日もユーカリの木に繋がれていた。

水牛的懲罰

爲了教誨不知盜人之物是惡的布農族人，使其有勸善懲惡的意識，便把偷吃田地作物的水牛繫於由加利樹下，讓大雨鞭笞幾天。

警丁イノハ青年 KS

32 イノハ君

パラガン（背負籠）いっぱいガー菜を取って来て鳥小舎の鵞鳥や生蕃家鴨に与えて呉れた。

伊挪哈君

他摘取野菜，裝滿一蘿筐（巴拉根），送來給我家養的鵝與生蕃鴨吃。

33 口琴

楽器を持たないブヌンでは何故一の楽器であろう。何処で手に入れたかピアノ線を竹ヒゴに張り片方を口に喰え指でかき鳴らすのである。

北海道のアイヌも使っていた。

口琴

沒有樂器的布農族，何以有此樂器？不知從哪裏弄到手，把鋼琴弦張於竹片上，一端含在嘴裏，用手指彈奏起來。

北海道的愛奴族也有此樂器。

34 蕃布に包まれて

彼は、生涯にゆり籠から墓場迄連添った蕃布に包れて旅立つ姿はあわれであった。
長い竿にゆられて墓場に行く姿を見て自分の非力が悔まれた。
彼は日語を捨て漢語習得に埔里の塾に行っていたのに！

包在蕃布中

他被包在一生陪伴他從搖籃走到墳墓的蕃布中，向另一旅程出發的背影，使人感傷。
在長竹竿的搖晃中走向墓地的姿影，令我懊悔自己的無力。
他才拋棄日語而到埔里的私塾學習中文就死了！

35 生蕃あひる

渡台当時隣家の屋根に止っている家鴨を見て新高山から雷鳥が飛んで来た？と思った。グロテスクな顔をしているが人馴っこい可愛い鳥である。

生蕃鴨

渡台當時，隣家的屋頂上停着鴨子，一看，以爲是新高山飛來的雷鳥。奇特的臉，但很溫和近人，頗可愛的。

36 台湾山猪与穿山甲

K.5

K.S

37

台湾動物之一

38

台湾動物之二

39

台湾バナナ

カト社(ブヌン族)巡回の折トーフ嶺の峠を下りると埔里の平地である、道脇のバナナ畑にたわわになった巨大なバナナを見て驚いた、暫く見惚れていたら足首を大きな黒蟻に噛まれて飛上った。

台灣香蕉

巡迴卡肚社(布農族)時，走下多福嶺，便是埔里平地。看到路旁的香蕉園中垂掛着巨大的香蕉穗，大吃一驚。正看呆之際，足踝被大黑蟻咬了一下，跳了起來。

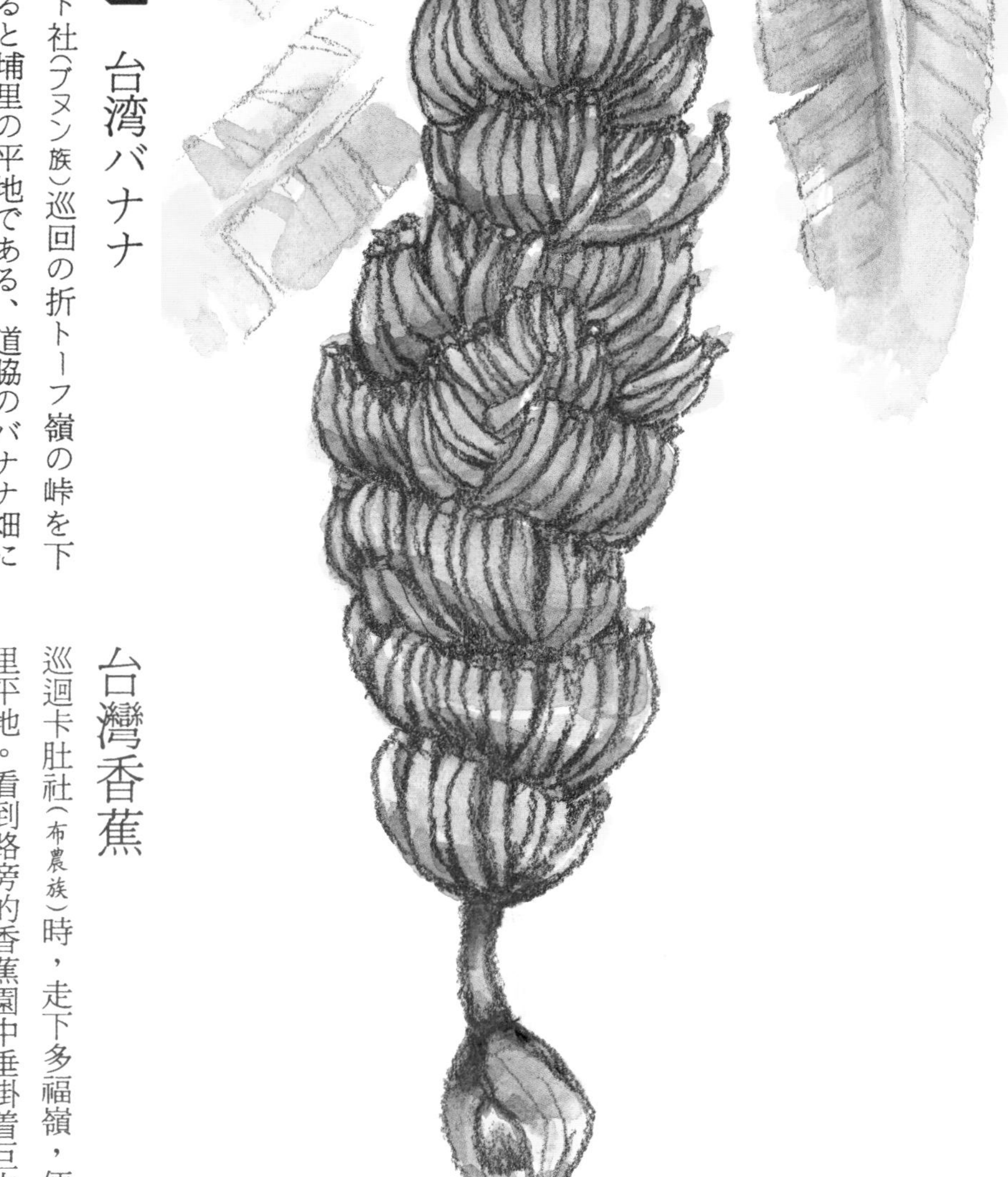

龍眼

デンブ
（蓮霧）

ナツプ(蕃ザクロ)
（芭樂）

40

台湾水果之一

台湾果物
K.S

41

台湾水果之二

K.S

ブカイ社粟搗き　K.S.

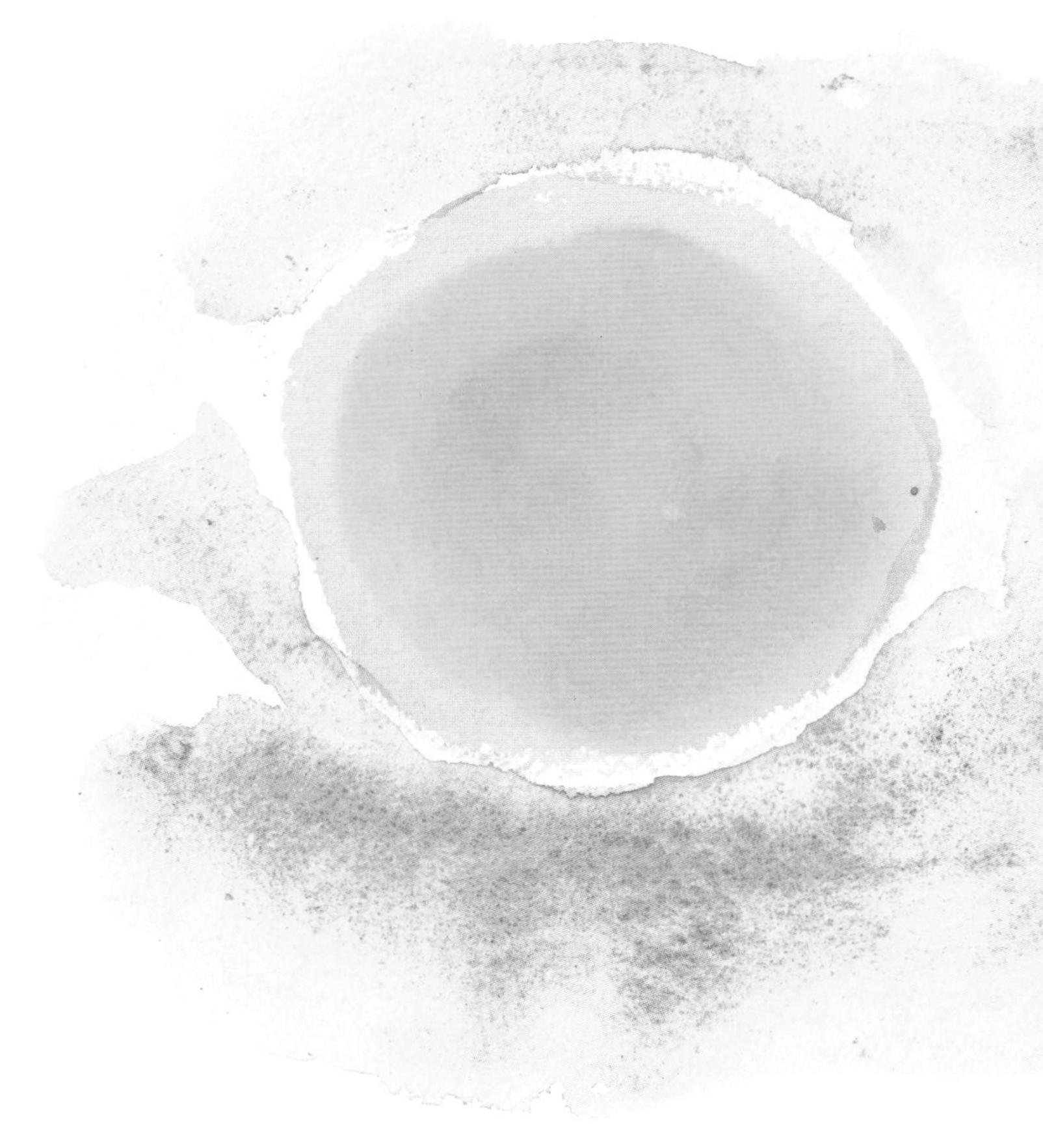

42 〝粟搗き〞

「現世でこんなに美しい光景に出会ったことはない」と思った。満月の夜粟を搗く杵音が敷詰められた石板石と響き合う澄みきった音色は天使の音楽でないかと思った。忘れられない美しい光景であった。

搗粟

「現世中未曾見過這麼美的光景。」我想。滿月之夜，搗粟的杵音與密鋪的石板石合響而發出的清澄的音色，令人以爲是天使的音樂。眞是難忘的美麗光景。

パパイヤ（木瓜）
K.S

小說

ユーカリの林で

芹田騎郎

本城六郎太は妻の佳代子と母のアヤを連れて、幸か不幸か奇しくも終戦の前日、戦争遂行上の任務を受けて苛烈な空襲下台北から一日か二日の行程を十日も費して、台中州能高郡の主邑である埔里の街に着いた。

風俗、習慣、ものの考え方まで異る山地現住民の中で、彼らと共に生活をはじめた六郎太達はおどろきととまどいの連続で、まず彼らを理解し、テンポを合わせることから習い覚えなければならなかった。

入山

八月十五日。

「お早よう—、おーい、みんなこっちを向いて、ハイこっちを向いて！」

係官の声に、埔里郡役所の裏庭でそこかしこにたむろしていた数十人のタカサゴ達（台灣原住民で、九ツの部族を總稱してタカサゴ族といっていた）はいっせいにこっちを向いた。

竹の根で作った現住民特有のパイプを啣（くわ）えた者や、所在なく両手を無意味にぶら下げた者、毛糸を編むのかせっせと手を動かすもの、麻糸をつむぐ女など、五、六十人も来ていた。はじめて見るタカサゴ族は一様に色が黒く、大きな眼玉がキョロッと光って、うす気味の悪い印象を六郎太は覚えた。

「この方が、今度台北から来られた公医さんだ。ごあいさつしなさい」といわれて、みんなは声を揃えて、「お早よう」といった。そして、その中の数人が「ございます」をつけ加えた。

極めて簡単な紹介であったが、これで万事お互いに通じ合ったような気がした。

「公医さんの荷物は、武徳殿の中にあるから」と係官が扉の錠を外すと、頭目らしい男が進み出て、けたたましい声をハリ上げて指図を始めた。

男はタウカン（藤でつくった背負籠）に、女はパラガン（網でつくった背負袋）に、それぞれ荷分けして、仕度の出来たものからてんでに出発しだした。

「荷物の員数は調べんでもよかろうか？」

と慌てゝいう六郎太に、係官の山村巡査は

「公医さん、心配いらんです。みんな間違いなく、ちゃんと官舎に届けますから」

至極当然のような顔をしていわれると、はじめて会うタカサゴ族とのこれからの生活の多少危惧していたことも消えるように思えた。

あらかた荷分けがすんだ。頭目らしい男は六郎太の前に来て、腰を直角に曲げて「私ブカイ社の頭目です。名前はタカナン・カッポですが日本名は高山といいます」と名乗り出た。

「公医さん、みんな待っておりました。駕を持っ

て来たから乗って下さい」

ツンツルテンに剃り上げた頭に、濃ゆい眉、鋭い目付はユルブリンナーを思わせ、厚い口唇、丈夫な顎はさらにたくましく感じさせる男であった。

「ありがとう。僕は歩くから、母をのせてくれ」といって、ちゅうちょ気味の母を無理に乗せた。

彼らのいう駕は、中国本土で見る輿と同じようなものであるが、たゞ南国的に、屋形は籐椅子であり、担ぐ柄は長さ五米くらいもある竹となっている簡単なものであった。

歩くと、以外に大きく反動があって、ゆっさ、ゆっさとゆれるのである。

はじめは、不安そうであった母のアヤも慣れてくると、子供のように珍らしい旅によろこんだ。

埔里の街を出発して一時間も歩くと、今まで見なれた台湾人の家もなくなり、畑の作物までが何となく変わって来た。

いつしか険岨絶景のトーフレイの山麓に迫っていたのである。

「この道を行くとカト社です」と左を指さす頭目のうしろから、

「ワタクシ、看護婦のキミコです」と色が黒くて肩巾の広い二十才前後の女が名乗り出た。

埔里の街を出る時から絶えず六郎太達の後を歩いていたのは、何時名乗り出ようかとその機会を待っていたのであろう。

いってしまうと、黒い顔がはにかんでか紫色に変った。

「現地には看護婦もおりますから」と総督府の山下属官がいっていたのはこの人のことだったのか？

白衣の天使とまではゆかずとも、と想像していた六郎太はそれとは似ても似つかぬ彼女の姿を見て、いささか驚いた。

手づくりの麻で織った蕃布を身に纏い、裸足で歩き、頭からはパラガンに三、四十キロの荷を入れて背負っていた。

「ワタシ、キミコの家内です」もう一人キミコの影から三十才前後の小柄な男が名乗り出た。

「カナイ？」不思議に思った六郎太は「君、キミコのお婿さんということかネ」と聞き返すと「ハ、ハイ。ソウデェッス」と少々どもりながら、汗をふきふき答えた。

上手にいうつもりが、良人を家内と間違えたのであろう。六郎太は苦笑した。

歩くことに慣れない妻の佳代子は坂道にかゝると、百メートル行っては休み、五十メートル登っては一息つく始末だった。

「じゃあ十分間休憩」六郎太は、荷物を担いだタカサゴ達もつかれただろうと思って、頭目にいったが「公医さん、心配ない」といってどんどん登って行った。

岩清水の湧き出る木蔭で、佳代子はほてる顔を、水を掬ってはピチャピチャと冷していた。

キミコが夫のタウカンから芭蕉の葉で包んだものを出して、

「公医さん、食べて下さい」と持って来た。

「何かネ」

「ハーイ、これ餅です。今朝五時頃搗いたです。これ食べる、力たくさんでるです」

台湾人のつかう日本語ともちがう発音と、助詞も接続詞もない単語の羅列は幼児のような言葉づかいであった。

六郎太は、力餅とかいって、小学生の頃、遠足の時などよく母が搗いてくれたことを思い出し、彼らの手垢もつきこまれたであろう生餅をなつかしくごちそうになった。

「あの人が君子といって、尻の軽い女ですのネ。あなた、お気をつけなさいませよ」

と耳うちする佳代子に、六郎太は振り向いて、

「どうしてそのようなはしたないことをいうのだ。まだ会ったばかりで何もわからないのに！」

女の本能というか、鋭いカンというのか、六郎太は、何かとうるさい平地の生活を離れ日本人のいないこの山の中にまで来たのにと思うと、嫌な気がした。

埔里を出る前夜、尾崎警察課長宅の招宴で夫人から始めての山地勤務についてこまごま教えて貰っていた佳代子は、君子看護婦のことも聞いたのであろう。

内地人（台灣在住の日本人は內地人といっていた）に絶対的なあこがれをもっている山地の女性、特に六郎太の赴任するブカイ社は山地族の中でも最も貞操観念のうすいブヌン族であるので、特に注意するようにいわれたのかも知れない。

かっての霧社事件も、その他数々の彼らとのトラブルも、大部分の原因がそうであったようである。

足の弱い佳代子を連れた六郎太のグループは、一行とは大分距離をはなされたようであった。山道にかゝ

って三十分くらいにしかならないのに、先頭は早や山の頂上附近に達し、そこからのどかな、しかもよく透る唄声がながれ、あの谷、この斜面からと全山いたるところから相呼応して発する音声は、素晴しくスケールの大きな合唱であった。

彼らの歌う意味はわからなかったが、先刻の不愉快な思いを忘れさせるには充分であった。

駕にのった母のアヤは、六郎太達の五十メートルくらい先を相変らずゆっさ、ゆっさとゆられて登っていた。母は時々不安そうにふり返り、六郎太達の姿を見ては安心をし、日傘を右に左にと道が曲るごとにさしかえていた。

亜熱帯地の台湾では暑い盛りであるが、標高一千余メートルのこゝでは強い日射しの割に涼しかった。熱帯植物が山を登るにつれて姿を消し、内地(日本)で見る植物に代わり、台湾にいる感じさえ忘れるようであった。

二時間も登ると、トーフレィの頂上に達した。その頂上に、誰が作ったのか日本風の亭(ちん)があった。

この山を越える人々は皆こゝで汗を拭い、登り来た山路のつかれを癒すのであろう。

標高一千四百メートルの山頂によく作ったものだと感謝をしながら、六郎太達は一休みすることにした。

亭から今登って来た北の方を見ると、埔里の盆地が遠く眼下にかすんで見えた。

六郎太は過ぎ来し生活にも別れを告げるべきところまで来たのだという感慨をこめて、いつまでも倦かずに下界を眺めていた。

「公医さん、先頭の人はもうブカイ社に着きました」というキミコ看護婦の声に、吾にかえり「それでは、出発するか」と一同を促し、腕時計を見た。十二時を三十分も過ぎていた。埔里を出てから四時間と三十分になる。はじめての徒歩旅行で、しかも登り坂ばかりでつかれた妻も、下り坂になると元気を出して、キミコやキミコの夫達と何やら話しては笑い声を立てゝいた。

こゝは台湾のほゞ中央に位し、中央山脈の能高山に源を発する濁水渓の上流にあたり、谷底を流れる川添いの丘に点々としてある蕃社(山地民族の住む村)の中で、バンダイ社、イナゴ社、カンタバン社、ブカイ社の四つの蕃社ともう一つ、いま登って来たトーフレイの山麓にあるカト社を加え、五つの蕃社が六郎太の受持区域となるのである。

この五蕃社中、バンダイ、イナゴの二蕃社はタイヤル族であり、他の三蕃社はブヌン族である。

両社は皮膚の色、性格が異り、特にタイヤル族については昭和五年十月二十七日に起きた霧社事件の記憶も生々しく精悍獰猛な性格をもっていた。

六郎太は台中州警察部の嘱託として、ブカイ公医診療所で勤務することになったのである。遂一ケ月前までは、このような山奥まで来るとは夢にも考えなかった。

台北で勤めていた会社を辞するとき、涙を流して引止めた藤井老専務が「年老いたこの俺を置いて行くか」とつぶやくようにいった言葉が心にかゝって、ともすれば自分の行動は間違ってはいなかったか？と自問した。

警備召集で、台北の第八二二四部隊にいたとき、総督府の山下属官から「蕃地では医師がいなくて困っている。若い蕃丁をニューギニアのジャングル戦にたくさん連れ出している留守の今、何か病気でも流行すれば暴動が起る公算が大きいと総督府と軍司令部では大変心配している。あなたに行って貰えれば大変助かるのだが」と熱心にすゝめられて思いなやんだ。

会社の方は六郎太がいなくてもやって行けるが、蕃地では六郎太を待っている。「これも銃後をまもる国民の勤めだ」とすゝめる道野部隊長の言葉に、遂に意を決して赴任することにした。

「君一人ならともかく、おくさんやお母さんまで」霧社事件の悲惨な話をして「馘首の災難にあったらどうするか？」などと盛んに止めてくれた同僚や先輩達に「さようなら」と心の中で別れを告げた。

その霧社事件というのは、バンダイ社より濁水渓を上流に約十キロもさかのぼったところにある警察分署のある霧社で起きた事件のことである。

昭和五年十月二十七日、霧社公学校(現地人の小學校)では小学校(內地人の子弟の學校)、公学校の連合運動会が開かれようとしていた。

校庭にひかれた白いラインや、真新しいテントに内地人、台湾人、タイヤル族の子弟は胸をはづませて参集していた。

マヘボ社のタダオモーナを首魁とする兇蕃達に、この日の夜明前に山間に散在する駐在所が襲われていることは、誰も知らなかった。蕃社と蕃社の距離が三キロから四キロ余りはなれていることゝ、山々の重なりがはゞみ、凶行前に電話線はすべて切断されていたからである。

北蕃十二の駐在所を襲った彼らは蕃声を上げて霧社に押し寄せ、折からはじまろうとする運動会場を怒涛のように急襲したのである。

百三十四人の内地人と二名の台湾人が惨殺された。治蕃史上の汚点だといわれる霧社事件は、その周到な計画と、大規模は集団抵抗の烈しさとで日本側を戦慄させたのである。

× × ×

六郎太は多少残していた台北の生活への未練も、山を下りはじめて埔里の盆地が視界から消え去るとともに断ち消えて、これからはいる未知の世界への好奇心がもりもりと湧いて来た。

日月潭(じつげつたん)（台灣屈指の觀光地）への取水口であるカンタバンダムが青々と水をたゝえて、月光の中禅寺湖を上から眺めるような美しさに喜んだ。

二時間も下ると任地であるブカイ社の入口に達した。

迎えに出ていた駐在所の上里巡査や、他の職員、夫人達と親しくあいさつを交し、診療所へ案内してもらった。

六郎太が新らしい生活をはじめるブカイ公医診療所は、亭々とそびえるユーカリの林の中に檜はだ葺きの平安時代の絵巻物にでも出てくるようなたゝずまいをして、ひっそりと主を待っていた。

「こゝにタカサゴ達を山の上から集めて移住させ社をひらいた当時、こゝは台湾でも一番マラリアが猖獗を極めたところでした。四百人を超えた当初の人口も、現在では百人に満たない程激減してしまいました。そこで、総督府がこゝにマラリア防遏所を設けたのが、この診療所のはじまりです。マラリヤを媒介するアノフエレスという蚊が、このユーカリの木を嫌うということで、屋敷いっぱい植えたのです」

上里巡査の説明を聞いて、診療所に落着くと六郎太は大きく呼吸をした。

蕃社

濁水渓の流れにそった山峡に点在する蕃社への旅は、すべて歩くのである。

山一つ越えた下界では、自動車、汽車、自転車、トーチャ（人力車）があり、人は乗物で動くものであったが、ここではのりものといえば駕が一つあるのみであった。

着任して十日目の八月二十五日、警丁のタッカン・ナバイ（日本名高村）を案内に、佳代子を連れて各駐在所への挨拶と受持蕃社の巡視に出かけた。

このブカイ社から五キロ東に濁水渓をさかのぼると、渓の流れを右に見た細長い丘に一群の蕃社がある。

ブヌン族の住む最北端にあるカンタバン蕃社である。

ここに警部駐在所が置かれ、この附近一帯の治蕃行政を司っている。

蕃童教育所があって、教育所の先生も警察官の身分であるので、所長の伊藤警部以下四名の警察官が勤務していた。

伊藤警部は数十年の蕃地勤務で、全身これ筋金といった精悍な風貌をそなえ、一見近寄りがたい威厳を備えていた。

ブヌン語の神様ともいわれる人で、同じ種族のブヌンでさえ住む社を異にすると言語が通じないことがある。そのときはすべてこの伊藤警部が通訳となって、彼ら間の意志の疎通を図るのであるということであった。

鷹の眼を思わせる鋭い眼差しも、笑うと細くなり、三日月を二つ並べたようにやさしい顔になる伊藤警部は、絶大な信望をタカサゴ族に得ているのである。

日本人といえば五つの駐在所に勤務する警察官と、カンタバンダムの木下氏だけであり、一度顔を合わせると百年の知己の如く親しくなるのは平地での生活で

は図り知れないものであった。

種々話をしているうちに同県人であることがわかり、一層なごやかさを増し、蕃地での生活の知識もいろいろ教示してもらった。

駐在所職員全員と生蕃家鴨の鍋を囲み、昼食をごちそうになり、次の予定地であるイナゴ社に向って出発した。

十二時を廻った真昼の太陽は、頭上でギラギラと照りつけていたが、やはり平地と違ってサラッとした暑さであった。

汗ばむ肌も日陰にはいるとサッと引き、さわやかで歩く旅もまた楽しいものである。

一かかえもある大きなさるすべりの木が、自由に幹をくねらせて、すべすべしたヴァミリオンの木肌は抽象的な線をジャングルの中に画いていて、多少とも絵心のある六郎太の目をたのしませてくれた。

さるすべりの幹の大きいのにも驚いたが、まだまだ驚かせたものは、直径二十センチもあろうか、木の幹かと見まがう藤づるである。それは物凄い繁殖力と粘着力を見せて、からみついた木よりも大きくなり、三十センチ余もある大きなナタ豆のような実を無数にぶら下げていた。

可愛い縞リスが物珍らしそうに、チョロッと出ては、両手を拝むようにして持った木の実を小さな口でモグモグさせながら、立ち上がっては六郎太たちを見ている。

「まあ、可愛い」手の届きそうになるまでじっとしているリスにつられて、佳代子はあっち、こっちに追いかけてはよろこんでいた。

ジャングルというものにはじめてはいった六郎太には、年老いた木がたおれて朽ちおち、若い木の肥となって、自分達の子孫繁栄を図っている自然の摂理の妙を興味深く感じた。

深くて昼なお暗いジャングルの小路も、トンネルの出口のように一段と明るくなって、藤かずらで作った吊橋が木の間がくれに見えてきた。

「ここまでくればイナゴ社には後二キロくらいです」というタッカンの声が終わると同時に、前の藪から突如として天孫降臨の神々が二人あらわれた。

大袈裟だがたしかにそう思った。

鬢束（びんづつ）こそないが、白い蕃布で作った服は、ズボンを腓腸筋の上でたくり上げて縛り、首には、猪や鹿の牙や勾玉に似た石などで作った首飾を下げている。蕃刀を腰に下げ、手には弓と矢を持った精悍ないでたちに、六郎太の足は一瞬とまどって止った。

警察官以外は、この山地にはいないはずの山中で、内地人の六郎太夫妻に出会った彼らも驚いたらしかった。

しかしタッカン警丁の姿を見ると了解したのか、ピョコンと頭を下げた。

彼らは、イナゴ社の若者であった。このイナゴ社から北はタイヤル族の住む区域である。タイヤル族はブヌン族と違って、セーダッカ・ダヤ（高山に棲む人という意味）であり、色が白く日本人と人相骨柄が酷似していた。

「公医さんですか、私達もイナゴ社へかえります」

二十四、五才くらいの若い方のタイヤルは人なつこく話しかけて自分から先頭に立って歩きはじめた。

蕃地では絶対にタカサゴを後にしたがえるな、といわれていた。それは前を歩く人が主人であろうとも、フト首が切りたくなると無我夢中で首を取る習性があるからだ。

まさか今の時節に、と思って否定した六郎太に山の先輩達が心得として教えて呉れたことを思いだし、はじめて会ったこのタイヤル達は霧社事件を引起した部族であり、あるいはそうかもしれないと思った。

ブヌンと違って引締った顔つきや言語動作の機敏さがそう思わせるのか、人の好いブヌン族のタッカンの顔と見くらべると、その相違が歴然としているようであった。

やがて一番の難所である吊橋にかかった。一方には刀でそぎ落したような岩がせまり、深い谷底をさらに力強く激流がくりぬこうとしている。

山と山がせまってきて、川をくびるようになって、その間が五十米もあろうか、ゆれを少なくするために、歩一歩、そろりそろりと縄梯子のような吊橋を渡りはじめた。

どんなに反動のないように用心して歩いても橋の中央に来ると、上下左右にゆれて、行くも戻るもできなくなり、泣きそうな顔をした佳代子は、タッカンに手を取ってもらって漸く向う岸に辿りついた。

渡ってみればたいしたこともないようだが、大陸戦野をかけ歩いた六郎太も橋の中央まできたときは、このかづらが枯れてしまっていたら、ポキッと折れるのではないかと心細く、すくなからず顔の青ざめるのを覚えた。

一行は、冷汗を拭い、（といっても六郎太夫妻だけで彼らは一向平氣な顔をしていた）再び歩き出した。

「あの丘がイナゴ社です」

タッカンの指差す方を見ると、一キロほど向うの丘に虫がたかりついたように蕃社がかたまっていた。

九州の延岡から日ノ影線を上りつめると、山の背にまつはりつくような家並の町がある。日本神話発祥の地であるその高千穂の町を思い、彼の若者のいでたちとを思い合わせ、遠く二千年の昔の世界に行くような錯覚に捉われた。

同じ時代に生きながら、山一つ越えるとこのような原始に近い生活、その距離の遠さは不思議に思えてならなかった。

イナゴ社駐在所につくと、職員の人達がみんなで机を囲んで待っていた。

型通りの挨拶をすませると、川上主任巡査夫人が、まずは何よりのごちそう、といって冷い山水に砂糖を入れてのもてなしである。

自給自足に近い山の生活では紅茶やコーヒーなど全く珍品貴重なものでなかなかお目にかかれるものではなかった。

「公医さんな、こっちが良かでっしょう」九州弁の川上巡査は、机の上に天井から吊るしてある丸く輪になった蛇のむき身の乾物を一つ外して火鉢で焼いてくれた。

「山じゃあこれをするめといいますたい」

「嚙めば嚙むほど良か味のしますバイ」

みんな口を揃えてすすめられるのには六郎太も弱った。

郷に入れば郷に従え、という諺にもある通り、これも、これからの交際の一つだと思って一口嚙んでみた。

思い出すまいと思いながらあの長い姿が眼にちらついて喉を越させるのに一苦労せねばならなかった。

駐在さん達のいうほど美味とは思えなかったが、この山奥ではいつしかこれがするめの味になってしまうのであろう、そう思いながら馳走になった。

蕃社の衛生状態を聞き、集まっていた患者を一室を借りて診察をはじめた。

色の黒いブヌン族と違って肌の白いためか、余り不潔感はしなかった。高い丘にある住ゐが乾燥して良いのであろう取立てゝいうほどの患者もなかった。

自分の年も、はっきり知らない老人が、この頃弱っているというので蕃社にいって診た。石板石という黒い板のような石で屋根を覆った彼らの住ゐはブヌン族のそれと変りなかった。

「どこに寝ているの」

低い屋根をくゞるようにして中に入り、家人の指差す方を見ると、真黒い豚が二頭大きな身体を行儀良く並べて横たわり、その中にはさまれるようにして老人が寝ていた。

「こんな大きな豚といっしょでは、不潔だし、第一危険だ。豚に踏み殺されはしないか？」

心配そうに聞く六郎太に、川上巡査は

「いや、これが最上級のベットですよ」と簡単にこたえた。

異常なほど動物を可愛いがる彼らには、動物が全く家族の一員である。

ブカイの診療所から見える鉄線橋(吊橋)を、パラガンを頭から背中に吊った蕃婦(タカサゴの女をそう呼んでいた)が、子供といっしょに豚、鶏までも連れて渡ってゆく姿を良く見かける。

しかも豚の尻尾には赤い毛糸でリボンを結んだりして愛情深いものである。

床のない土間ばかりの部屋では、豚のベットは煖房、クッション付きで最上級のベットであろう。

イナゴ社を辞し、バンダイ社に向った。

バンダイ社は、このイナゴ社からは良く見えた。三キロ余りの距離で川向うの丘にかなり大きな聚落が見えて、深い谷を一つへだてゝすぐそこにあるようだった。

バンダイ社は霧社に近く、かの霧社事件には、バンダイからも関係者、縁者が出たもので今尚その当時の模様が話題になることが多かった。

六郎太の受持区域では一番大きな蕃社で、戸数は百戸余りもあった。

駐在所には、佐川さんという、九人もの子宝に恵まれた始終ニコニコした巡査が居た。

九人も産んだ割には若くて美しい佐川夫人は「良くまあ、こんなところまでおいで下さって」と喜んで歓待してくれた。

その夜いろいろと山地の情況を聞き、またお互いの身の上ばなしに話がはずみ夜の更けるのも知らなかった。

「主人は東北で私は九州、同じ日本人とはいえ北と南の生まれでは日常生活の中にも多少習慣の違うこともあり、それはいろいろありますよ」若い六郎太夫妻とちがって人生経験の深い佐川夫妻の話は、これからの人生には随分と参考になる話であった。

六郎太が蒙古にいた頃、善隣協会という一つの団体があった。民度の低い蒙古人の生活指導をするのである。その人達に強い憧れをもったことを想い出し、久しぶり大きな心の人に出会ったことがうれしかった。「霧社に近いこゝでは病人の心配はいらないですよ」といわれ肩の荷が一つ下りたような気がして寝についた。

翌朝「せっかくこゝまで来られたのですから霧社まで見物がてらお出でになっては」とすゝめられたが、またの機会にゆずってブカイ社にかえることにした。

六郎太夫妻は一日かゝってかえり、三日おいて、カト社へ行くことにした。

トーフレイの峠を越えて山麓を西に三キロほど行くとガジュマルの森の中にカト社はあった。

平地であるこの社は、前記蕃社と違って、がジュマル(熱帯樹)は繁り、仏桑華が真赤な花を開き、バナナ畑を縫うようにして行く路は、南国的な色彩が強く、久々に台湾にかえったような気がした。

観光地で有名な日月潭が近く、台湾電力の日月潭発電所の工事人夫達との接触が多かったこの社の女達はたちまちに性病に感染し、その禍を蕃社中にひろげてしまった。

頽廃した彼らの性生活と性病に対する無智は、先天性黴毒児を産み、暗い運命を自らの手で背負っているのである。

これらを診ていると、六郎太の方がノイローゼになりそうでやるせなかった。

蒙古民族が成人になれば馬に乗るから性病になるのは当然だと善隣協会の人達がいっていたのに似通ったところがあって、何とか強力な救いの手を差しのべられないものだろうか?と自分の非力が情けなく、診療を終えると逃げるような気持でカト社を辞した。

安易な考えでこの仕事を引受けた訳ではないが、このような大量の性病患者を受けもつことは想像もしなかったことだけに重い心でトーフレイの山道を登った。

百歩蛇

リリン、リリン、けたたましい電話のベルに起されて受話器をとると、いきなり癇高い女の声が、

「公医さんですか、会社の者が毒蛇に咬まれたからすぐ来て下さい」

「毒蛇って何蛇ですか!で、あなたは」

余程あわてていたのだろうか、自分のいうことだけいうとガチャンと電話を切ってしまった。

柱時計は三時を少々廻ったところであった。狐につままれたようで何が何だかわからなかったが毒蛇に咬まれたことは事実であり、どう処置すべきか?乏しい医薬品と知識に一瞬とまどった。

とにかく駐在所の上里巡査に尋ねてみようと手早く着替えをすますと同時に再びリリン、リリンと電話のベルが鳴った。

先と同じ癇高い声が処置に迷っている六郎太の耳の鼓膜を遠慮なく叩きはじめた。

「公医さん早よう来て下さい。百歩蛇にやられました」

「どちらですか、お宅は」と聞き返すと漸く気がついたように「カンタバンダムの木下です。家の交通がやられたんです」

交通というのは平地の埔里の街まで文書の送達、日用品の買物をする職務を差しブヌン族の職員のことである。

交通と聞いて六郎太の愁眉は開いた。これは助かると思ったからである。ブヌン族は、内地人と違って毒蛇にたいしては強い抵抗力をもっているからである。

咄嗟に浮んだのは台湾人の療法である。

「木下さん、すぐ仕度をして行きますが、その前に私のいう通りにしてやって下さい。まず咬まれた手の上膊の緊縛をして下さい。それから米酒(焼酒に似た台灣酒)を四合瓶一本飲ませて下さい。私が着くまで約一時間位かかりますから三十分したら上膊の緊縛を一度ゆるめて血液の循環をしてまた締めて下さい」

夢中でいいつづける中に六郎太は平静を取りもどしたようである。受話器を置くと妻の佳代子を駐在所に走らせ蕃丁を集めて貰うよう手配を頼んだ。

が、医療鞄を開けてどの薬を詰めようか？と迷った。

こんなこともあるだろうと台北を出る時、総督府を通じ陸軍病院に毒蛇の血清を貰いに行った。「今頃、そないなものありますかいな。山に行かはったら、蛇の方が逃よりまっせ」関西弁の下士官にニベもなく断わられた。

青蛇、百歩蛇、台湾コブラ等、猛毒をもった蛇の多い山地へ行くのに、これらの血清をもたないのが何よりも心許なかった。

赴任して間もなく、而もこんなに早く難関が待ち受けていたとは……

六郎太は情けなかった。

駐在所では蕃丁を集める早鐘の音がシーンと寝静まった闇夜を割くようにながれていた。

考えたところで致し方なかった。六郎太はあるもののなかから最善を尽すのだ、と自分に自分を言い聞かせて解毒に役立つものは何でも手当り次第カバンに詰めこんだ。

強心剤、高張糖液、リンゲル、止血剤、ビタミン剤、乏しい薬局の中からあれも、これもと、入れた薬を頭の中で整理しながら表に出た。

墨を流したような真暗闇は、めかくしをして空中に投げ出されたように掴みどころがなかった。確実に助け得る自信のないのが一層そのような気持にさせたのであろう。

松明（たいまつ）をもった数人の蕃丁が、駐在所から診療所の方にやって来た。

「公医さん、ごくろうさんです」

軍隊調に六郎太をねぎらう上里巡査は細々（こま）と蕃丁達に注意を与えていた。

彼らは、簡単な上衣とパンツ一枚でしかも裸足というのに、六郎太のいでたちは、滑稽なほど厳重であった。

それは毒蛇と恙虫（つつがむし）を恐れてであった。編上靴に巻脚絆を固く巻き、さらにその上から董脚絆まで巻き、長袖の上衣に手袋、帽子の下にはタオルで頬かむりをした。

奇妙な服装のコントラストをもった一行は六郎太の

前後を松明ではさむようにして出発した。

険しいが近道を、と濁水渓の左絶壁を這うようにしてダムの事務所に予定より十五分も早く到着した。

待っていたダムの当直者に模様を聞きながら更に二キロほど上にある患者のいる社宅に行った。

厠で用をすませ、紙を取ろうとした瞬間、便器の前にいた蛇に人差指と親指の間をパクッとやられたそうである。

ダムが大きく広がった岸辺にダムの社宅が一列に並んで五戸あった。

一番手前が木下主任の家で患者の家は一番奥にあった。

木下主任は待ちあぐんでいたようで六郎太達の姿が見えはじめると急いで患者の家に走り去り、またこちらに向って走り出迎えた。

「やあ、すまんでした。早よう診て下さい」両手で引上げるようにして患者の家に招じ入れた。

玄関を一歩はいると、米酒の臭いがプーンと鼻をついた。

ウーン、ウーンとうなる患者は真赤な顔をして鞴(フイゴ)のような荒い息をしていた。

「オイッ、確りしろ、公医さんが来たぞ、もう大丈夫ぢあ」

六郎太は必要以上に大きな声で患者に元気をつけた。

洗面器いっぱいの水に、化マンガン酸カリを溶かし、その溶液に咬まれた手を浸し、患部にメスで幾条もの切創をつけ、血液を絞るようにして出した。ピンク色の液が患部から出る血液とまざり、赤黒くなった。

多量の脱脂綿を浸たしてどんどんと湿布させた。

強心剤、高張糖液、リンゲルと注射をつづけながら、血清なしに、これで助かるだろうか?内心不安であった。

六郎太の一挙一動を、死か、生か?と必死に見詰める木下主任や患者の家族の者達の眼を背中に一本一本鋭い針が突きささるように感じた。

このような時には出来るだけ落着いておうようにするんだ、と心にいい聞かせ懸命に手当をした。

幾刻を過ぎたであろうか、やがて脈博もしっかりと落着きを見せはじめ、呼吸も整ってまずまずは愁眉を開くことが出来た。

「どうでしょうか」

不安そうに尋ねる木下氏に「心配なかでっしょう」半ば自信をもって六郎太は答えた。

最後に痛み止めにと鎮痛剤を注射して「眠くなるが心配せんでよか」と針を抜いた腕を軽くもみながらいうと、患者は大きくうなずいて笑みをもらした。

さきの不安と焦操にかられたけわしい眼は消えて、安心と感謝に満ちたあたたかい眼差しの患者に六郎太は心の中で手を合せてこの幸運を感謝した。

容態が快方に向くと、家中が明るくなり、気さくな木下夫人のカラッとした大きな声が聞こえはじめた。

「公医さん、何もありませんが、ご飯の用意をしておりますから、どうぞ」とすすめられるまま患者の家を出てから木下氏宅へ行った。

「いや、危なかったですな。これはてっきり死ぬんじゃあないかと思ったですが、おかげさまで助かりました。ありがとうございました」幾度も幾度も礼をいわれる木下氏の笑顔も、どうして助かったのだろう？といろいろ考え合せるのにいっぱいの六郎太にはうつろにしか見えなかった。

毒蛇は百歩蛇であった。咬まれて百歩あるく中に死ぬといわれる猛毒に、そのような名前がつけられたのである。五〇センチもある大きな死体が庭先に長々と横たわっていた。

毒蛇は人に咬みつくと暫くはそこを動かない習性があるので、家人に見事仇を討たれたのである。

未開人ほど奇蹟を信ずるもので、蒙古にいた頃、注射をするだけで病気が癒ったと思い、何でも注射をしてくれといって来た。彼らはカルシューム注射をすると特にその霊験はあらたかで、注射液が血管の中にはいると共に身体全体がポーッと熱くなるので効果は適面であった。

また、右手を熱湯につっこんだといって五指全部第一関節近くまで靡爛（びらん）して指骨が露出している老婆をつれて来た中国人に、この指は全部第二関節から切断しないと癒らないことを告げると

「大医官、待って下さい、親族会議を開きます、明日まで待って下さい」といってそそくさとかえって行った。

彼らは、次の世に生まれくる時、指を落したまま生まれると信じているからである。

翌日「どうしても切らなければ癒らないなら仕方な

い、切っても良い」という返事を聞いて切断手術をした。

その夜、鎮痛剤をと思ったが、オルドルスの僻地のこととて適当な薬品がなかった。

そこで重炭酸ソーダを薬包紙につつんで、今晩十時にこの一服を、それでも痛みが止らない時はこの一服を、決して二服いっしょに飲んではいけないと念を押して渡した。

翌日、気にしながら病室をのぞくと「大医官、昨晩は大変良く眠れたよ」と明るい顔をしていう老婆におどろいたことがある。

それは信ずるということの奇蹟であろうと思ったが、今夜の場合は全く違うのである。

米酒が効を奏したのであろう、何れにしろ幸運であったことには間違いないのであった。

木下氏に朝餉のごちそうを謝し、もう一度患者の家に行ってみた。

患者はぐっすり眠っていたが、見違えるように恢復していた。暫く手を握り、しっかりした脈搏を、快く指先に感じ、自信をもって帰途についた。

まっくらい中を、松明のあかりで、ただ足もとを見て来た路も、すっかり明け渡って、ダムの水面からのぼる水蒸汽に水墨画に見るような風景が、美しく展開していた。

ダムの附近の藪にいる野生のリスにもポケットの南京豆をどっさり投げてやりたいように明るく嬉しかった。

その後、タカサゴ達に大きな好印象を植えることが出来たのである。

「今度の公医さんは、死んでいても生きかえらせるぞ！」

白髪三千丈式とまではいかないが、オーバーな噂が噂を生んで、管轄外からも泊りがけで患者が来るようになった。

六郎太は、彼らの無言の審査にパスしたのである。

泥棒をした水牛

九月になると、この蕃地にも颱風がやって来た。

夜来の雨は檜膚(ひはだ)葺きの屋根を打ち叩くような音をたて、車軸を流すように降りつづいている。

「ひどい雨ぢゃなあ」六郎太はつぶやきながら雨戸をくると、稲妻があたりを青白く浮かび上らせては物凄い雷鳴をとどろかせていた。

「ミューイ、ミューイ」

時ならぬところで聞こえる水牛のなきごえに眼をやると、駐在所の前に一頭、診療所の前に一頭、ユーカリの木につながれている。稲妻が光るたびに、雷鳴が恐ろしいのか「ミューイ、ミューイ」といかめしい角に似合わず気の弱そうな声でないていた。

水牛だから雨にぬれるのは平気であろうが、この雨が降り出す前からつないだままであるのはどうしたことであろうか？

つながれた木を中心に円を画くように築いた糞の山が雨にながれて緑色の縞模様をつくっていた。

「汚い！蕃社に連れてかえればよいのに」

誰にいうでもなくつぶやいていると、また一頭引いて来た。

今度は、私の眼の前でつなぎはじめた。

「君、君、こんなひどい雨の中を、どうしてここにつなぐのだ」

不思議に思った六郎太は、半ばとがめるようにいった。

「公医さん、これ泥棒したよ！」

「……何？水牛が泥棒した！」

不思議なことをいう蕃丁（高砂族の青年）に驚いた六郎太は

「大体、その水牛が何を盗んだんだね」

「ハイ、畑の野菜を食べたよ、悪いことしたから、罰うけるです」

「なるほど、そうか、悪い牛だね。で何時までつなぐのか？」

「わからない」

泥棒をした水牛の刑期は、駐在所の上里巡査が、真面目くさった顔をして決めるのであろう。

水牛をつないだ蕃丁はさっさとかえってしまった。

善悪のわからなかった彼らに、こうして勧善懲悪の道を教えるのであろう。

罪の意識のあろうはずのない水牛達は、篠つく雨に瞼をしょぼつかせながら練り嚙をつづけていた。

山牛の肉

さしもの雨もあがり、山の上の雲がちぎれて青空をのぞかせた。

ホッとした、六郎太一家は、家畜といっても鶏と鵞鳥、それに雷鳥に似た生蕃家鴨が十数羽いるだけだが！その世話や、湿気でしめっぽくなった夜具を干していると、裏口で「おくさん、おくさん」と呼ぶ声がする。

「ハーイ」と台所に行った佳代子の「まあ！見事な松茸」という大きな声に、六郎太は、すっかり忘れていた松茸の味が咽喉をぐっと刺戟した。飛ぶようにして行って見ると、

「おくさん、これ椎茸よ！」という蕃丁に干した椎茸より他に見たことのない佳代子も六郎太も

「そうか？でも松茸みたいだね」半信半疑の六郎太は、その中の一つを取って香を嗅いだ。

「ウン、こりゃ、椎茸や」

はじめて見る生の椎茸は、大きさといい、形といい松茸と見まがうばかりの見事なものであった。

彼らは、颱風の季節になると一週間も十日も歩いて合歓山あたりまで野生の椎茸を取りに行くのだそうである。

充分な雨具も持たないのに、どうして、あの激しい雨を避けて歩くのだろうか？彼らの身体はどのように出来ているのか不思議な思いがした。

薬代のつもりであろう、種々なものを持って来て呉れる。

純な彼らの好意だからこゝろよく貰いはするが、そのまま食べられるものでもないことがある。

或る日のこと卵を一抱え持って来た。

その卵が、夕食の膳に副えてあったのを、いきなり茶碗のふちでコツンと割って、ホカホカ湯気の立つ、ご飯に落した。途端に物凄い悪臭が鼻をついて吐気を催した。

「ひや！こりゃ腐っとるぞ、あゝくさい」鼻の曲るほどの悪臭に六郎太が太騒ぎするので、とうとう、みんなは夕食を抜いてしまった。

「僕に、恨みでもあるのだろうか？」

フッと疑ってみたが、しかし、いつわりのない彼等

ているのである。

また、駐在所に内所で、猟に出かけた蕃丁が夜遅く、こっそり六郎太の家に来て、タウカン（高砂族の男子が持つ麻糸で編んだリュックサック）から一塊りの黒いものを取り出し

「公医さん、ブッタのネコ」といって差し出した。

「豚を殺したの？」豚の肉にしては黒いので不思議に思った六郎太は尋ねてみた。

別の一人が、「公医さん、これ、ヤマウシの肉です」と訂正した。

山牛とは見たこともないが、水牛の肉よりはましだろう、明日は久しぶりに、牛鍋でもしてつゝくか、と、そのまゝ戸棚にしまわせた。

翌日佳代子が

「あなた、この肉は一寸へんよ、見て下さいな」と六郎太のいる診療所に持って来た、肉の表面は焼いて黒く焦げ、固くなっていたが、一部分焼けていないところがあって、そこから内部の方へ腐っているではないか。

薬局で後かたづけをしている、看護婦のキミコに「この肉は腐っているようだが、食べられるかね？」と

の表情を思えば信じられない。しかし、この事実をどう解釈して良いかわからなかった。

「その卵は捨てゝしまいなさい」とすくなからず憤慨した六郎太に

「でも、もったいないわ、せっかく貰ったのに」

佳代子は一つ一つ振って検査をはじめた。

「腐ってないのはたった三ツ、後は全部駄目よ！コトコト音がするから」

ひどいのは割ってみると、ヒヨコの姿まで整ったのがあって更に驚いた。

この話を聞いた上里巡査は

「ハハハ……公医さん、やられたね」とまず、腹をかゝえて笑い出した。

「彼らは、その腐った卵を平気で食べるのだから驚きですよ、それで内地人も食べるものと思っているのですね、別に恨みも悪気もあるわけじゃありませんよ」

上里巡査の説明を聞いて、怒るわけにもゆかず、六郎太も遂に笑い出してしまった。

彼らは、鶏が巣にはいると、一はら分を産み上るまで、そのまゝにしているので、最後の卵を産む頃は最初の卵はすでに雛になりかけているか腐っているかし

尋ねた。

前かけで手を拭きながら出て来たキミコは、肉塊をしげしげ見ていたが「これ上等よ」という鑑定をくだした。

先の卵の件もあることだし

「そうかね、じゃあこれ君にあげるから、お婿さんと二人で、おあがり」

はずかしそうに受け取った、キミコは次のような話をしてくれた。

今度行ったのは、最初五人だった。十日前の夕方出かけたが、途中で蛇が左から右へ路を横切ったから縁起が悪いといって引き返した翌日の夕方一人蕃社に残して四人で又出かけた。彼らは大変縁起をかつぐので、こんなことで途中休んだり引き返したりして随分日数がかゝるのだそうである。

幾つも山を越え、獲物を見付けると又それを追っかけて、とうとう玉山(新高山)までも行ったそうである。

蕃社を遠く離れているので獲物は生のまゝでは持ってかえれない。そこでこんがりと焼いて即製の燻製にするのである。

六郎太の家に持って来たのは、燻製の未完成品であったのである。

だが腐った卵にくらべれば、随分と「これ上等よ」である。

もともと狩猟民族であった山地高砂族は、総督府の指導で農耕に従事しているが、ともすれば禁を犯してまでも出猟するのである。

「公医さんたくさん喜んでいた、とよくつたえておくれ」と蕃社にかえるキミコに言伝てゝ待望の牛鍋は諦めることにした。

風俗言語の違いだけならまだしも、物の考え方まで根本的に異る民族の中に、予備知識すら持たずに飛びこんだ六郎太には、もっともっと深く彼らを知らなければ、真の診療は出来ないと思った。

午前の診療が終ると、午後は、往診を兼ね蕃社を見廻り努めて彼らと接触して、はだで彼らを知ろうと思った。

それから濁水渓にそゝぐ谷川の土橋を渡りだらだら坂を蕃社にのぼる六郎太とキミコの日課がはじまった。

× × ×

「せっかく玉蜀黍の実が、赤ん坊の腕ぐらいになったのに！」

一夜の中に猪にさんざん食い荒らされた玉蜀黍畑を、ふんまんやるかたなく、にらんでいた上里巡査の妻阿伽は朝からなかなかの低気圧であった。

「おくさん、お早ようございます」

裏が道つゞきになっている隣同志の佳代子は洗濯物を干しに出て、明るい声で朝のあいさつをした。

阿伽はフッと形相をやわらげたが、食いちぎられた玉蜀黍を指して

「憎らしいたらありゃしない、背の低い台湾猪のやつ、丈の高い玉蜀黍の実まで届かないので、見てごらん、幹を途中から食い折って食べてしまうのよ。

父ちゃんに罠をかけといてというのに、父ちゃんたら何もしとらんけん、全部やられてしもうた」

あまりの剣幕に佳代子は、このようなときには、どのようにいって慰めるのか咄嗟のことでとまどっていると、

「チキショウ！」

と舌打ちをした阿伽は、佳代子の側に寄って来るなり、急に声をひそめて、

「本城のおくさん、あなたしっかりせねゃいけんばい、この頃ずうっときまったように公医さんとキミコは毎日番社に二人連れで行っているが、あやしいんじゃない？」

佳代子の反応を探るような眼差しで、じいっと顔を見つめながらさゝやいた。

思いもかけぬことを聞いた佳代子は、早鐘を打つような心のときめきを押えながら冷静をよそおい、

「まさか？そんなこと、あほらしいわ」

「それがいかん、おくさん、男ちゅうもんはけだもんとおなじよ！それにキミコはその方の前歴があるんだし、しっかり見張っとかにゃ」

厚い唇をゆがめ、南国の人独得の光る眼の阿伽の顔が自分達の幸福を一瞬にしてブチこわしてしまうように恐ろしく映じた。佳代子は逃げるようにして、家に駈けもどった。

薄暗い台所の隅で、なぜかしら止めどもなく湧いて出る涙を止めることが出来なかった。

「尾崎警部のおくさんがいっておられたことは、やはり本当だったのかしら？信じられないことだけど、も

し本当だったらどうしよう……六郎太に限って絶対にそのようなことはないわ」心に強くいゝ聞かせて涙を拭いた。

そのことがあってから、信じて疑わなかった六郎太の言語動作にいつしか心を配っている自分に気づいては、はずかしいと思ったり、あるいは、と思ったりして思いなやんだ。

蓄社からかえった六郎太は、例によって、診療所で手の消毒をしていた。これまでは、毎日のことであるが、今日はどうしたことか盛んに含嗽(うがい)をしているのである。

「もしやキミコと、接吻でも?」

佳代子は一瞬、眼の前が真暗くなって上り框に俯伏してしまった。

結婚して二年にもなるのに六郎太夫婦には未だ子宝に恵まれず、早く孫の顔が見たい母のあやは、懐妊のしるしでは、とかけ寄り「佳代子、佳代子」と大きな声で呼んでみた。

「どうしたのかね、大丈夫かね、六さんを呼ぼうか!」

やさしくいたわる母の顔を見ると、母の耳には入れまいと今まで固く口を閉じていた佳代子も、つい甘えたいような気持になって、阿伽から聞いたことなど一部始終を打明けた。

あやも、「まさかあの六さんが?」と打ち消したが、夫の頼正が佳代子の誕生を迎えるころ急逝し、迎えに来た里の父に伴われて青島(チンタオ)からかえって来た当時のことがフッと脳裡をかすめ、里の寺で大事に育てた一人娘を裏切るなんて、とっても許せることではないと思った。

あやは、悪い方に悪い方に傾いて行く自分の心を漸くのことで喰い止め、

「六さんにそのようなことがあるものか、わたしもおることだし、心配せんでもよかよ」あやは自分の心にも言い聞かせるようにして佳代子をなだめた。

診療所からかえった六郎太は、なんとなく異様な雰囲気を感じ、「なんごとかあったとですな」

今はいうべき時でないと思っていた、あやは、ぬうぼうとした顔をして人の心配も知らずにのうのうとしている六郎太を見ると、つい

「六さん、一寸話があるから来ておくれ」

上づった切口上でいってしまった。

けげんな面持ちの六郎太は、茶の間で涙をふいている佳代子を見て、首をかしげ座敷にはいった。

「何ですか、お母さん」

坐ると六郎太から聞き出した。

「はっきりしたことではないのですが、あなたとキミコの間を噂されていることを聞きましたのでね」

「?……」

「どうなんですか、返事がないところを見ると、やっぱり本当なんですか」

余りにも突飛な質問に六郎太はどう焦点を合わせるかわからなかった。

「キミコとの間って、何ですか、僕にはさっぱりわからんですが」

全く身に覚えのない六郎太には、阿呆らしくて阿呆らしくて、まともな返事をすらしたくなかった。

そうした気持の不得要領な返事が、ますますあやの疑念をつのらせて、

「何ですか!のらりくらりといゝのがれて、どうせ証拠のないことだし、と、六さん、あなた、この母まで馬鹿にするのですか!」

六郎太は、厚くて黒い唇、蛇のような冷く光る大きな眼、年中裸足で歩く地下足袋のような大きな足、獣臭い体臭、どれを見ても心の迷う要素なんて一つもあり得ないキミコのことを考えて、人を馬鹿にするのもいゝかげんにして欲しいと思った。

「お母さん、六郎太を見損わないで下さい。何ですか、お母さんまでいゝ年をして、はしたないと思わんですか!」

遂にいってはならないことを口走ってしまった六郎太が、しまった!と気のついた時はすでに遅かった。

「もう佳代子は、私が連れてかえります。」

売り言葉に買い言葉、常識を弁えた筈の大人同志でありながら、とんでもない方向に事件は進んで行くのにはブレーキのかけようもなかった。

ひょんなことから、とうとう六郎太夫婦は褌一つへだてた珍妙な別居生活をはじめたのである。

これが全くの濡れ衣であるのか?

これでも女難の中にはいるだろうか?

六郎太は、若い公医一家に一大波乱が起っていると は露しらないキミコの顔を見ていると、何で俺がこの 女と?今更ながらムキになって母と言い争ったことが 恥しい思いであった。

そのこと以来、つまらぬ噂で蕃社巡視を止めてたま るか、と反潑精神もあって暫くつゞけていたが、時が たつにつれそれも阿呆らしいことであり、この頃では 患者の家にだけ行くことにした。

六郎太一家の桃源郷に嵐が起こりかけたが、一まず 静穏を保つことができた。

ブヌンのお産

濁水渓が、稍々西に傾いた太陽に映えて黄金の帯の ように輝いていた。

その帯が、ゆるやかに左の方へカーブしたまんなか ほどにある鉄線橋を、キラキラと白く光らして走って 来る蕃丁を見て六郎太は安心をした。

それは、産科鉗子にちがいないからである。

この日、診療を終えた六郎太は、野生のトマトが小 さな赤い実をつけた群生のわきで、渦を巻いて流れる 濁水渓のよどみに釣糸を垂れていた。

川蟬に似た鳥がスウッと眼前を青く光る色の線を引 くように飛んで消えた。

六郎太は、人の運命というものは己れの意志ではど うにもならないもので何か眼に見えない大きな波に漂 ってるに過ぎないのではないだろうか、今度の一件に しても予期せぬことであり、過ぎ来し生活をあれこれ 思いあわせて波にたゞようウキを見詰めていると、突 然うしろのくさむらを、バサバサと音を立てゝ蕃丁が 走って来た。

息をきりきり

「公医さん、赤ちゃん生まれた。赤ちゃんはいった、 赤ちゃん死んだ、すぐ来て下さい」と矢次ぎ早やに告 げるので、さて、これは死産でもしたのかな?とにか くお産がこじれたには違いない。

「どこだ」

「は、はい。あしゅこの工作小舎です」

彼の指差す方を見ると、田圃の中の小舎で人の動く のが見える。

「よし、君は公医さんの家に行って、おくさんにお産の鞄と産科鉗子を貰って走って来い」

といゝつけて六郎太は、工作小舎へ急いだ。

「どこだ」、大きな声でいうなり、老蕃の指差す堆肥小舎へ駈け込むと、土間に藁を敷いた上に血の気が引いて青くなった蕃婦が横たわっていた。

「どうしたんだね」

「ハーイ、これ家内です。赤ちゃん生んだ、またはいった」

全くもって不思議なことをいうものだ。

「どれ見せてごらん」

陰門から自分で切った臍緒の切り口がのぞいているのを見て

「産れた赤ちゃんはどうした」

「ハーイ、家内が片付けた」

「かたづけたって？どうしたんだ」

夫の老蕃には六郎太の質問がわからなかったのか口をもぐもぐさせて黙ってしまった。

想像のつかない事だけに六郎太は語気を強めて、

「どうしたんだ」

「死んだので畦道に埋めました。」

老蕃に代って答えた若者の顔を見て六郎太は開いた口が塞がらなかった。

彼らの生活習慣を知るには格段の差があることを今更ながら痛感させられた。

ブヌン族の女は、お産をするときには、決して家人にも見せず、自分一人で産むのである。陣痛に苦しみながら路上にある石板石の中から良く切れそうなのをひろって、その鋭利な角で臍緒を切るのである。

彼の女は、充分後産の出てしまわない中に死んで出た嬰児を見て慌てゝ臍緒を切り、人目につかぬ中にと田の畦を掘って埋めたのであろう、埋葬作業を終えると同時に気がゆるみ堆肥小舎の産室までかろうじてかえると気を失ったものと思われる。

「洗面器あるか！」

「ナーイ」

「何か湯を沸かすものはないか？」

田圃の中の工作小舎のことだから何もあろう筈はなかったが、彼らの居る部屋に行って見ると、食事をした後の鍋が目についた。

早速その鍋を洗って湯を沸かすようにいゝつけて彼の青年の到着を待った。

「公医さん、これか」

汗をいっぱい流したさっきの青年は両手にいゝつけた通りの器具を差出した。

「よっしゃ、上等だ、ありがとう」

鞄を開けるのももどかしく、まず強心剤、次に止血剤を注射し、蕃布で身体を温めてやると、頬にうっすら血の気がさし、正気づいてきた。

産婦を仰臥させ、膝を立てさせて、夫の老蕃に開かせ、消毒した鉗子を片方ずつ静かに挿入して、無事処置を済ませた。

恐ろしいものを見るように顔をそむけながら横目で盗み見していた老蕃は
「公医さん、まだか、おそろしい」と弱音を吐き出した。

「もう大丈夫、心配いらないが、今日は動かせないから、みんなこの小舎で泊まるようにといゝつけて、後の処置をすっかり終えた。」

×　　×　　×

「どうでした」案じていた佳代子は、六郎太の姿が見えるや走り寄って安否を聞いた。

「いやうまくいった、だが不思議なことだらけで驚いたよ」

上首尾だと返事を聞いた佳代子は、とたんに笑い出して「おくさん、赤ちゃん生まれた、死んだ、またはいった。公医さん走った、と主語の連発でそれにサンシイとかカッシとかいうので、医療器械戸棚を開けて多分これでしょうと持たせたが、間違いなくて良かった」と肩の荷を下ろした様に喜んでいた。

翌日、蕃社に往診の途中、水汲筒を担った蕃婦に出会った。六郎太と顔を会わせるとその蕃婦はプイと横を向いた。

おかしなことだ、今まで六郎太はこんなあいさつは受けたことがなかった。

「どうして公医さんの顔を見て顔をそむけるのだ」と後のキミコに聞くと
「公医さん、あれはずかしいよ」

「何?」

はずかしがる柄か?と思ったが口には出さなかった。

「公医さん、あの人、昨日赤ちゃん産んだ人よ、公医さんにからだ見られた、はずかしいよ」

「…………」

六郎太は又もや脳天を棍棒でぶんなぐられたように

驚いた。

「いつ蕃社に連れてかえった」

「昨日の夕方、おんぶしてかえったよ。高砂族大丈夫よ」

という、キミコのたくましい姿を見ていると、彼らには、吾々のような青二才の医者なんか必要ないのではないかとさえ思われた。

敗戦のしらせ

標高一千余メートルのこゝ「ブカイ」では、空気が澄みきって、月は鏡のように冴えわたっていた。

この頃になると、石板石を敷きつめた蕃庭（蕃社の廣場）に収穫を終えた粟を盛り上げて、そのまわりを二、三十名で囲み、いろいろな形の杵で搗くのである。

杵の一つ一つの形がかわるごとにそれぞれの音色も異るので順々に搗いてゆく音階は、美しいメロデーとなるのである。

彼らにはたゞ月の光を利用したまでゝあろうが、満月の夜を選んでするのは素晴らしい演出である。自然の妙というか。

六郎太は縁先に出て、はじめて見る典雅な情景に魅せられていると、庭木戸が開いて、上里巡査が走るようにしてやってきた。

「公医さん、日本が降伏したそうです、戦争に負けたんです。今警察電話で知らせて来ました」

顔青ざめ、幾分ふるえる声で、更に

「後の指示のあるまで今迄通り勤務をつゞけるようにとのことでした」

眼に涙を浮かべながら、それだけ告げると悄然としてかえった。

花蓮港沖から連日空襲をかけていた米第五十八機動部隊のグラマン機を赴任して以来、一度も見かけないのも不思議なことだと思っていた六郎太は、ひそかに恐れていたことが真実となったことを今知らされたのである。

天女の奏でるような美しい杵の音色もうつろに聞こえ、遂今しがたまで賞でゝいた月も、空しい光を反射させる物体にすぎないではないか。何が国敗れて山河ありだ、滂沱として頬を伝う涙をぬぐおうともせず六郎太は歯をくいしばった。

警察部では八月十五日の日本敗戦の悲報を如何にして高砂族に知らせるか、苦慮に苦慮を重ねた。

日本が勝つ、たゞそれだけを信じこませ、ニューギニアのジャングル戦にまで蕃丁をかり出している手前、一つ間違えば、多くの山地勤務の職員と家族の生命は風前のともしびとなるのである。

馘首と暴動を恐れる警察部での動揺は大きかった。

帰化

埔里の郡役所から出向する様にと警察電話があって翌朝早々タツカン警丁を供にトーフレイの峠を越えた。

最初この峠を越える時は未地の世界にとびこむ冒険心で興味津々であったが、暗い日本の運命が直接身に迫ったいま、六郎太の足は重かった。

交す言葉もなかなく黙々として登り黙々として下った。

「やあ公医さん、大ごとですたい。公医さんな折角山に這い入って貰うたとになあ」

気の毒そうに言う尾崎警部の後について警察部長室に行った。

「実はご承知のように日本は降伏しました。それで何れ日本に引揚げねばならんが、蔣介石政府の陳儀長官から山の警察官と公医さんは中国に帰化して中国官吏としてそのまま勤務して欲しいといって来ているが、あなたはどうしますか」

坂口警察部長の問に六郎太は思いもかけぬことでもあり咄嗟のことで返答に窮した。帰化！ということがドスンと胸を打ち砕いたように感じ、

「日本には帰してもらえないのでしょうか」

やっとそれだけ返事をしたが、

「蔣総統の慈政と豊富な食糧事情、それに民情の良い

台湾は外地引揚げの最後になるじゃろうという噂じあけん、そりゃ引揚げるもよかですが今のところその見通しは立っとらんですばい」

横から尾崎警部も言葉をつづけて、

「私もみんな残るけん公医さんもいっしょに残りまっしょや」

六郎太はどうしたものかと迷ったが、こうなれば、なるようにしかならないものを。運命にさからうことの無駄を思いながらも、

「一応ブカイにかえり、妻と母に相談してお返事いたします」

「いや今きめてつかさい。公医さんが決まれば全部まとまりますけん、すぐ書類をつくって州庁に送ります」

日本人であるか中国人になるかの重大なことを今すぐ決めろといわれてもハイそれではと決めかねるのが当然なのに。

六郎太はムッと胸に怒りがこみ上げたが、

「急にせかしちすまんばって決めてつかさい。公医さんの気持もわかるばって戦争に敗けたとですけん。わがままも言えまっせんもんな。それに若し山に霧社事件のような暴動でも起れば同胞の引揚げも困難になるだあろうしな。われわれが中国籍になることも日本のためと思って決心してつかさい、な」

暫く考えこんでいた六郎太は、いくらか青ざめた頰(ほお)を引きつらせるようにして、

「皆さんといっしょに帰化致しましょう。而し、年老いた妻の母だけは無事日本にかえして下さい。それだけ承知して下されば結構です」

いまは六郎太夫妻に子供がいないが、もし生れた時はその子供が小学校に入学する頃までには、日本も一応ち直っているだろうし、その時には日本に帰化をさせてもらえるだろう。

台湾から年間八百万石の米を日本に送り、韓国からも相当な米を輸入していた日本が、その糧道を断たれ、その上外地から日本人が全部引揚げてかえれば食糧の不足は必然的なもの、吾々二人が帰らなければ同胞の口に米一粒でも余計に配給があるだろう。

六郎太は妻と母を説得する理由をそこに見付けると落着きを取りもどし明るい気持になった。

「公医さん、今日は私の家に泊らんですな。宿の方はこちら(警察部)の方でことわっておきますけん。それに家内も待っちょりますバイ」

鼻下のチョビ髯を中心にコンパスをぐるっと廻したような丸い顔を始終ニコニコさせて、

「同県人じあなかな、お互い力になりまっしょうや」

まるっこい手で六郎太を抱くようにして肩をポンと叩いた。

好人物の彼の家には良く居候的な人が寝泊りしていたが六郎太もその中の一人になった。その夜は敗戦の憂さを忘れて盃を重ねた。

翌朝、出来るだけ多く仕入れた医薬品の搬送を警察部に頼んで埔里の街を出発した。

十二月というのに埔里の盆地では未だ夏の趣きであった。

故郷の実父母はどう思うだろう。妻や母が納得して呉れるだろうか？六郎太の脳裡は、ああでもない、こうでもないと思いは入り乱れている中にトーフレイの峠をのぼりつめた。頂上の亭で汗を拭き尾崎夫人の心づくしの弁当を開いた。

尾崎警部の家では上から四人が女児で最後の五人目が男の子であった。七才になるその男の子が酒席で父親のシャツをさかさに着て頭をすっぽりシャツの裾で包み、オバQのような形をして身振り手振りおかしく踊ってみんなを笑わせた。家中あげて歓待して呉れた好意を一口一口嚙みしめる様に味わった。

六郎太は食事が終わると、タツカン警丁に埔里の街で中国語の塾に行っているブカイの青年達の動勢を尋ねながら峠を下りはじめた。

ポツダム宣言の通り台湾の統治が中華民国にかわると、今までの皇民化運動で盛んだった日本語熱が中国語熱に入れかわったのは当然の成行きであった。

日本の統治時代にはタカサゴ達の生活を守るためと暴動を防ぐために一定の制限があって、タカサゴの住む蕃地と平地との出入りは禁じられていたが、その垣根も取り払われた彼らは吾も吾もと埔里の街へ下って新らしい語学の勉強に懸命であった。

夜駐在所にかくれるようにして六郎太の家に相談に来た幾人かの若者を思い浮べ、タツカンの話を聞きながら峠を下りはじめた。

右に左に道は曲り角を増すごとにカンタバンダムの円堤が近づき、やがてブカイの蕃社が見える頃、下から息せき切って走って来る若者がある。

峠を越すあたりからタツカンの歌う声で六郎太の帰りを蕃社に知らせたもので、日本の追分か馬子唄でも聞くような快よいメロディも彼らには唯一のテレホーンであった。

そういえば赴任の際この山道にさしかかると、あの谷この崖からと六郎太一家の引越道具を運ぶタカサゴ達で相呼応して合唱するのに聞き惚れたものだったが、きっと「こんどの公医さんは色がブヌンと同じくらい黒いなあ」とか「それでもおくさんは色が白いなあー」などと新しく迎える公医一家の品定めなどをしていたのかも知れない。

彼らだけが知っている音表符号なので聞いている六郎太達には、ただ素晴らしいステレオ効果をもった合唱だくらいに思って感心して喜んだものだった。

「公医さんマケイが死による」と、あえぎあえぎ告げると今駈け上って来た若者はくるりと向きをかえ、一散に蕃社に向って走り去った。

マケイの死

マケイは一カ月前、気管支を患っていた青年で「どうしても埔里に行きたい」といって来たことがある。

周囲の友達が山から下りてゆく姿を見て蕃社にじっとしておれなかったのだろう。

「無理をしてはいけない。しっかり身体を癒してからでも遅くないのだから」と治療をすることが先決だといって引き留めていたのに、或る夜蕃社をとび出したのである。

彼らは本島人の物置を数人で借りて土間にゴロ寝をしながら充分な栄養も摂らず通塾生活をしている中に、彼はとうとう肺浸潤にと症状は悪化してしまった。

その知らせを受けた六郎太は早速埔里の斉藤医院の診療を受けるよう連絡したが、遂に十日ほど前一段とうすくなった胸を出して六郎太に診察を求めて来た。

かなり進行はしていたが死に至るなどの心配はなかった筈なのに？タツカンを荷物と共に家の方へ帰し六郎太はマケイの家の方に急いだ。

石板石で葺いた低い屋根をくぐって部屋にはいると、当のマケイは蕃布でダルマのように包まれて死んでいた。生前彼が愛用していたのか虫の食った中折帽がチョコンと頭にのせてあった。部屋には誰もいなくて悲しい肉親の別離に厳粛な空気など見る影もない簡単な最後の姿にあきれてしまった。

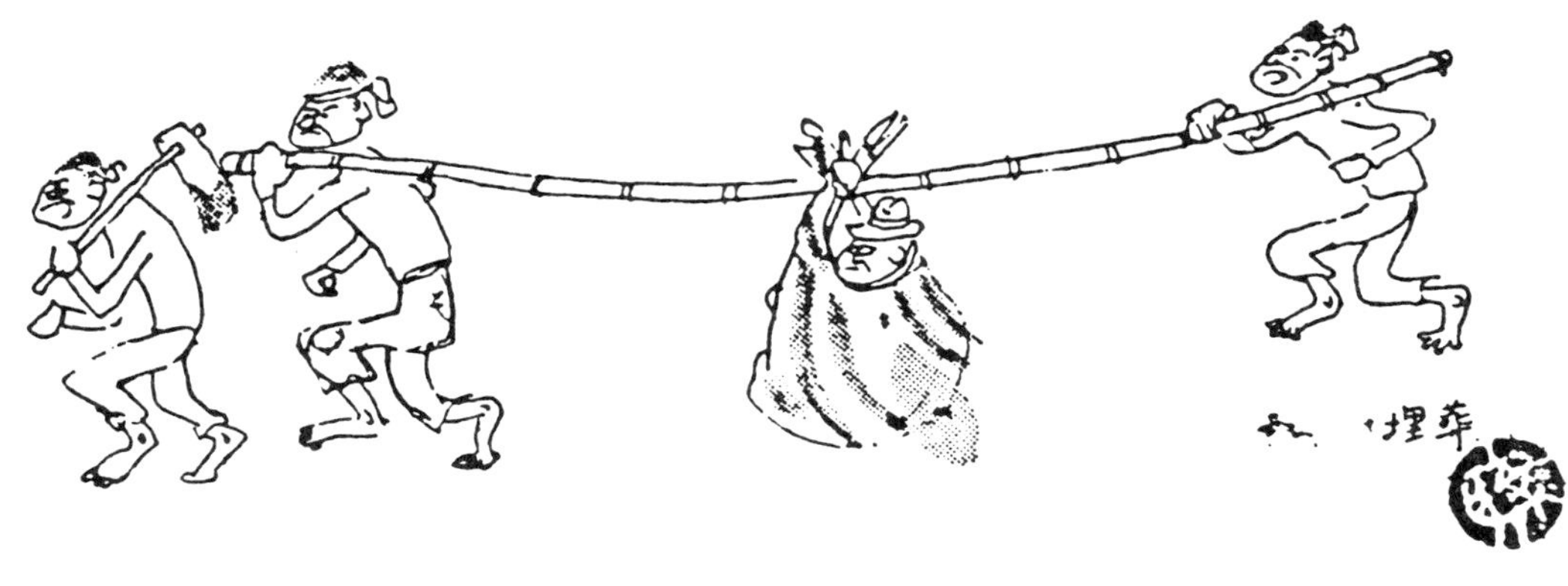

裏口にいたマケイの父親が六郎太の姿を見ると走り寄って来て、「公医さん、おそかった」と悲痛な声でいった。六郎太はかえりの遅いのをなじられているようで返す言葉もなかったが、土間の隅にある近頃しきりに売りに来る漢方薬の袋が六郎太の眼を引きつけた。

　何でも人のいうことはそのまま信じこむ無智なタカサゴ達が可哀想でしかたなかった。そして六郎太はその売薬本島人が憎くて憎くてしようがなかった。その怒りをぶちまくように「この薬をのませたネ」怒りをふくんだ六郎太の声に「ア……」と声をつまらせたマケイの父親に「公医さんのやった薬はどうしたか」とたたみかけて聞くと、

「それでえっす。本島人から買った薬をのませたら苦しそうでしたから、これは公医さんのいった通りだからいけないと思って公医さんの薬を三日分全部一度にのませた。その薬が喉のところまではいった時に死んだ。も少し早くのませればよかった。あの薬がここまではいっていたら死ななかったです」

と、自分の腹部を指して残念がる父親に彼らの愚かさを責めるより呆然とした。「可哀想に」六郎太は無智な彼らが不憫でしかたなかった。

「死亡診断書を取りに来て駐在所に届けてから埋葬するのだよ」といい聞かせて家に帰った。

　遂この一カ月ばかりの間に、あの薬をのんで死んだ患者は三人もいる。カンタバンで一人、このマケイにこれで二人目である。何とか取締れないものかと上里巡査と相談したが、すべての実権を失った六郎太達に

はどうすることも出来なかった。

ことの顛末を上里巡査に話してマケイの家に行った。

驚いたことには、早や死んだマケイは長い竹に吊られてピョンピョンおどるようにして山に埋めに持って行かれているところであった。

驚くほど臆病な彼らは、死を忌み恐れる観念が強く、それが肉親であろうとも死の瞬間から魔物のように恐れ、片ときも家においておかないのである。

「簡単ですよ」

という上里巡査の無表情な顔はいくども経験を重ねるとこうもなるものか、何もかもはじめての六郎太には割り切れない不可解なことであった。

× × ×

マケイの死によってあわただしかった六郎太は、その夜遅く妻と母に埔里でのことを打明けた。

「それは大変なことですね。でもあなた達は若いのだからそれも良いでしょう」とあっさり承知して呉れた母に可成りの抵抗があると思っていた六郎太はほっとした。

妻の佳代子も心よく賛成して呉れて、

「中国人になったら名前も変えなくてはならないのでしょうね」

「そうだね、陳儀長官の弟というところで陳儀弟とでもするかね。佳代子は台湾式に僕の末の字を取って鄭氏佳代、いや鄭氏佳雲とでもするか、ハハハ…」

台湾では嫁に行っても夫の姓を名乗らずに自分の姓を頭につけるので六郎太達はそれを真似たりして国籍変更の重大な話も簡単に片附いた。

この話が早速蕃社に伝わると、蕃社では一部嫌った者もいたようだが大部分は喜んでいた。頭目のタカナンや警丁のタツカンは早速「公医さんタカサゴになる 話 ほんとうか」といって頭目は立派な蕃刀を一振記念にといって持って来てくれた。

彼らは家を作る時も小さな彫刻をするときもすべてこの蕃刀一つで巧みに済ませるので

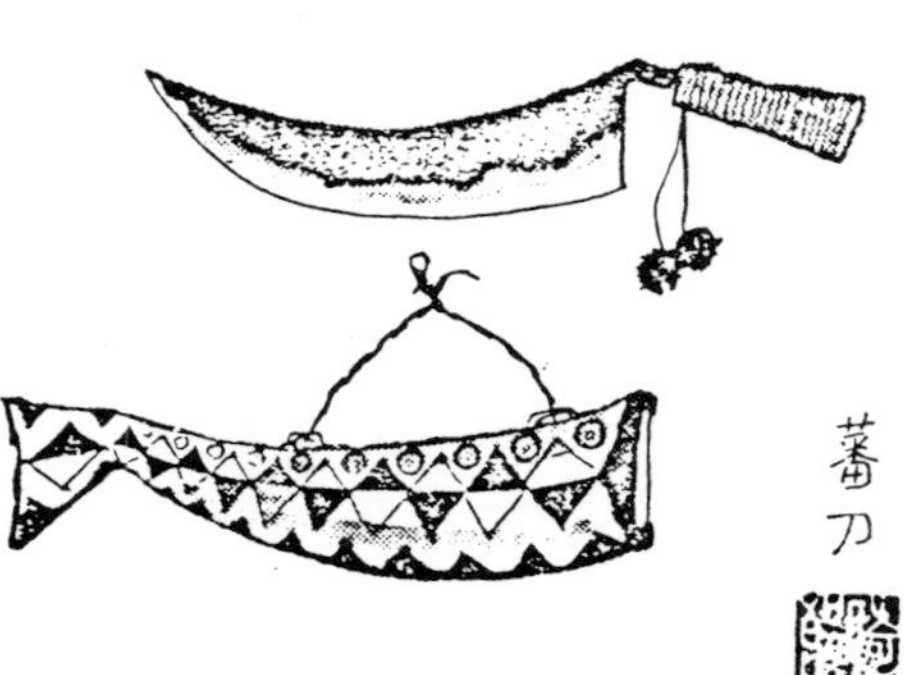
蕃刀

ある。

魚の形に似た鞘は片身だけで反対側は八番線を叩いて平にしたものを五ミリ間隔くらいに打込んでいる。その身の大きな鉈のようなもので先は尖鋭にして柄(つか)元から刀身のそりと逆な方向に曲った柄は突くにも切るにも最も合理的に出来ていた。

思い思いの模様を鞘に彫り込み柄は赤い毛糸できっちりと巻いて紐の先には丸い玉を二ツつけてある。

頗るかわったデザインであるが斗争用具としての機能を充分にもっている。また壁にかけて眺めるだけでも素晴らしいものであった。

また彼らの好む模様が三角とか菱形、或は円を二重か三重に画くなど日本の装飾古墳にある三角文・直弧文・円文などと通ずるものがあって先祖の血のつながりをさえ感じて興味深かった。

タカナン警丁は弓と矢を、キミコの夫はパラガンを持って来た。また足の裏に出来た腫瘍を切開して治療してやった老蕃のバリバヤンは、竹の根で作った生蕃パイプを持って来た。年老いて日本語もよく使えない彼までが喜んでくれるのが六郎太にはうれしかった。

田を作るなら田もやると頭目はいってくれたが、これはことわった。

薬代のつもりであろうか六郎太の家の鶏小舎は何時の間にか鶏が五羽、生蕃家鴨が三羽になってガアーガアー、コケッコッコーと賑っていた。その他に鵞鳥の雛が二羽、生蕃家鴨の雛が五羽何れも小さいので家の中で飼っている。

彼らは心から六郎太達の帰化を喜んで山の生活ができるように気を配ってくれるのであった。

入山、敗戦、中国籍への帰化と僅か二、三カ月の間に六郎太の身辺はめまぐるしいほどの変動であった。

人の運命というものは水に流れる笹舟のようなものだと、つくづく感じた。明日の運命は誰が知ろうぞ。

「わたし台湾というところに行ってみたかったから」といって嫁で来た佳代子のまだ娘々した寝顔を見て六郎太は「気の毒だ」と思った。

これから先どう運命のサイコロは転ぶかわからない。闇の中を転んでは起き歩いてはつまずく若い二人の姿を瞼に浮べて六郎太は眠れなかった。

標高の高いこのブカイでは夜分はかなり冷えこんでいた。二羽の鵞鳥の雛が保温箱の中で急にピーピー泣き出したので鼬でも来たのかと思って六郎太は床を出た。

リンゴ箱に三十ワットの電球を一つ吊して古い毛布で軽く覆った保温箱をそっと開けて見ると、何の変わりもなく六郎太の来たことを知った雛が、さし入れた手に競ってのろうとするので「そうか寂しかったのか、ウンごはんをやろうかね」人にでも言う様に六郎太は米酒に浸した米粒を十粒くらい宛食べさせた。どうして日本の焼酎のような強い米酒に米を浸して食べさせるか良くわからなかったが持って来てくれたタカサゴがそう教えてくれたのである。

米酒が効いたのか空腹が満ちたのか、コックリコックリ可愛い頭をふって眠りはじめたのでそっと蓋をして外に出た。

十二時をもう大分回っているのだろう、下弦の月は中天高くのぼっていた。

龍眼の木の下をくぐって木戸まで出ると、濁水渓は月の光に小さく刻んだ金の鱗をヒラヒラとおどらせて黒い山峡を流れていた。

太古の昔からこうして流れていたであろう。静かで美しいこの眺めも今の六郎太には何の感興も湧かなかった。でもじっとその流れを見つめていると、蕃社の方から人の話声が聞えるような気がした。「おかしいな」と思った六郎太は本能的に門柱の影に身をひそめた。

じっと透すように声の方を見ると、やがて二人の男の姿が月影のくらがりから現れて来た。官服にゲートルを巻いているのでカンタバンかイナゴ社の巡査であろう。

この深夜思いもかけぬ六郎太の姿を見た二人は、「公医さんですな、びっくりしたですばい」カンタバン駐在所の山見巡査と竹村巡査であった。

「埔里からかえりですな？私の方こそおどろきましたよ。で今ごろ何かありましたですな？」

六郎太は数日前カト社蕃が馘首事件を起したのでそのことかと思って聞いたが、

「いや、その事件は片附きましたが、公医さん、私達や中国籍になるのは嫌です。それで警察を止めて埔里から川中島への道路工事を請負うことにして来ました。カンタバンに帰って伊藤警部に辞表を出しますとです」

「そうですか。山の職員は全部中国帰化と聞いていたが、そうでもなかったとですな」

六郎太はかつがれたと思った。しかしこの際軽挙妄動はつつしまねばならない。

「いや山の職員は大体帰化するですが平地の警察官は一部の幹部を除いてみんな馘ですたい。それでトラックを数人でやとって基隆まで行くとか、居残って道路工事の請負だとかてんやわんやですばい」

山見巡査は更に言葉をつづけて「誰がこんな山の中におりますか。早よう日本にかえるようにせにゃ。山の中におったら情報がちっともわからんでしょうが。公医さんは残るそうですね。伊藤警部がそう言っていました。しかし折を見て早く逃げ出したが良いですばい」そう言い終わると二人はカンタバンに向って歩き出した。

なるほどこの山の中では情報はかいもくわからない。といって慌てることもあるまい。埔里の郡役所で聞いた情報を信じる以外に他に道はなし、その時はその時で何とか切り抜ける以外どうすることもできない。

一瞬心をかすめた動揺もそう思うとすっと消えるようにおさまり、半開きのままになっていた玄関をはいった。

翌日何時にも似ず六郎太は朝寝をした。ガヤガヤとさわがしい人の話声で眼を覚ました六郎太は、人声の方に眼をやると障子に写る小坪の蜜柑の木がゆれて人の姿が右往左往するのに首をかしげて床を離れた。

障子を開けるとタカサゴ達が未だテニスボール位の大きさになったばかりの青い蜜柑を、てんでにちぎっている。

白い花が咲いて甘い香りを放っていたのに喜んだ六郎太は、それがやがて小粒の実となって日一日と大きくなるのを楽しみにしていた。それを何の断りなしに熟しもしない中から勝手にちぎり取る無作法に腹が立った。

「あゝ君達は誰にことわってその蜜柑を取るのだ」

多少強い語気でたしなめた六郎太にふり返ったタカサゴ達は、けげんな顔をして一寸ちぎる手を止めたが、またせっせと取りはじめた。

「どうして公医さんの家の蜜柑を取るんだ。止めないか。も少しおけば黄色くなるからそれから取るのだよ。止めなさい」

「公医さん、この蜜柑黄色くならないよ」

とるんじゃあ」
「馬鹿な、果物は何でも熟れゝば色がつくようになっ
「だって黄色くなったのを見たことないよ、公医さん」
黄色く熟れるまで待ったことがないのだろう彼らに
いくら言い聞かせても反応はなかった。
「この蜜柑の木は、公医さんの屋敷の中にあるのだか
ら公医さんのものだ。だから公医さんにだまって取る
と泥棒と同じだよ。水牛でも泥棒をしたといってその
ユーカリの木につなぐでしょう」
気色ばんだ六郎太の顔を見てまずいと思ったか、み
んなは口の中でブツブツ言いながらかえった。
夜になって蕃社の青年達が数人「公医さん話がある」
と緊張した面持ちで裏口にやって来た。
「オヤ、少々変だぞ」六郎太は内心おどろいたが、「何
だね話とは」みんなを表の方に廻るようにいって座敷
の廊下に出た。
縁先に立った青年達は口をこわばらせて、
「公医さん、この蜜柑の木は独りで実をつけるのだか
ら誰が取ってもよいのです。自然にできたものだから
みんなのものです」
ユーカリの木につながれた水牛は、人が種を蒔いて
作った野菜を食べたから泥棒である。悪いことをした
から罰を受けるのは当然である」
という意味の言葉を昂奮してたどたど繰返しいっ
て、公医さんわかったか！というような顔をした。
単純素朴な考え方だが、たしかに一理はある。彼ら
の考え方も知らずに自分の考え方を押しつけようとし
た自分のあやまちを指摘されて、六郎太は一寸ひっこ
みがつかなかった。「而し」と反論しかけたが素直に謝
ることにしよう。六郎太は咄嗟にそう判断をして、
「よくわかった。君達のそ
ういう考え方
を公医さん
は知ら
な

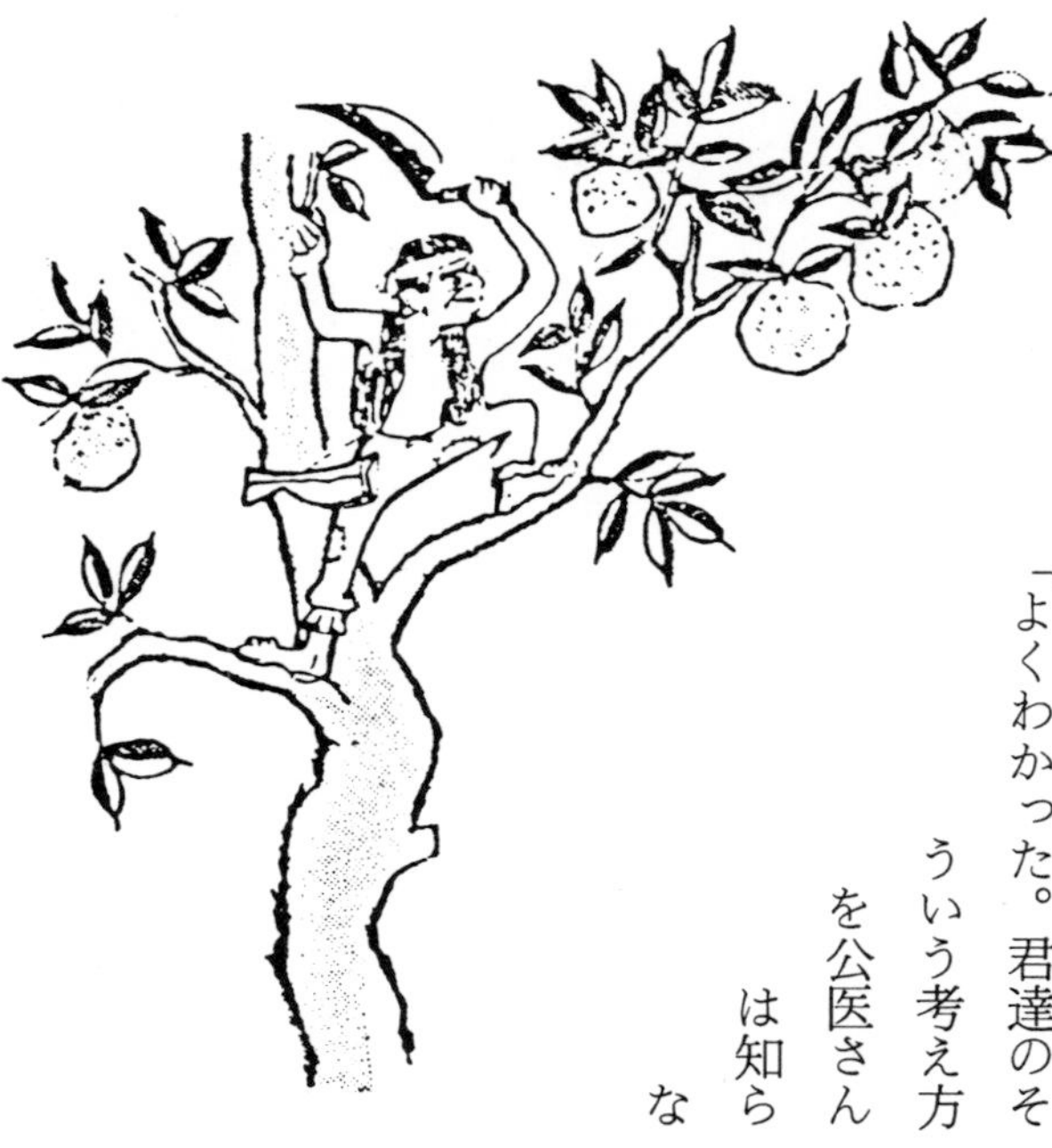

かった。かんにんしてくれ」そして「じゃあ公医さんも食べて良いかね？」

「それもちろんよ」

話がわかると一同は頰をほころばせて帰った。

そういえば思いあたることがある。蕃社に三本ある。十米余もある大きなザボンの木が蕃社に三本ある。吾々にはとうてい手の届きそうもない高いところに大きな実をつけていた。

蕃社巡回の途次見かけたことだが、田や畑に行くタカサゴ達はその木の下まで来ると、女房を下に待たせ、男は猿のごとくスルスルとその高い木にのぼり腰の蕃刀をぬいてバッサリバッサリと枝ごと切落すのである。

女房はそれを拾ってパラガンに入れ、やがて二人で食べながら歩き出す。

その動作の素早いことは全く見事なもので、あっと言う間にやってしまう。「ほう」と感心しているとまた次の一組が来て同じ動作をくり返して行く。

なぜザボンの木が横に繁らず上へ上へと高くのびているかが彼らの実演を見て納得がいった。実を一つ取るにも枝ごと切り落すからであった。

「あのザボンは誰が取っても良いのか？」と看護婦のキミコに聞いたら、けげんな顔をして黙っていた。六郎太の質問の意味がわからなかったのであろう。

皆が帰った後で問題の蜜柑を一つ取って食べてみた。

皮を剝ぐと中身は意外に小さく酸味も甘味もなかった。彼らの共産主義はこの蜜柑の本当の味もしらずに一生を過すのであろう。

× × ×

それから一週間して中国官吏の辞令と初の月給金壱千五拾元が送って来た。一応これで身分は安定したが平地から流れて来る情報はおだやかでなかった。

カンタバンの山見巡査と竹村巡査の荷物が長い行列をして山を下ったのもその頃であった。二人共官を辞して今までの朋友との別れはつらかったのであろう。荷物運搬のタカサゴ達の最後尾で酒気を含んだ顔でもうろうとした眼ざしであいさつに立ち寄った。

「山見さん、そんなにお酒を召してはトーフレイの峠は大変でしょうに」

いたわるように言う母のあやに「いや平気ですよ。あなた達こそこの山の中に取残されて気の毒ですな」

ロレツの回らぬ口許はタカサゴ達に見せたくない程であった。

こうしておだやかであった山の中にも次第に敗戦の荒波が押寄せるのを六郎太はひしひしと感じはじめた。

弓と矢をくれたタツカン警丁はあの日から毎日のように「公医さん、弓の練習をしましょう」といって六郎太の診療の終わる頃にはやって来た。

裏庭の柿の実が熟しはじめると無数の小鳥が飛んで来てさえずる声が一層にぎやかになった。「公医さん今日は柿を射落しましょう」先生のつもりで蕃人式の弓道を六郎太に指導してくれた。

「公医さん、彼らと腕を競ってはいけませんよ。一度でも負けると絶対にいうことを聞きませんから」小さな声で上里巡査は六郎太に注意した。未開人ほど力が全てを支配するのは当然なこととはいえ六郎太の場合は違うと思った。

「公医さん、うまいよ上達早いね」

的確に命中させるとタツカンは上機嫌であった。長さ一・五米くらいの梓の木に麻を撚り合わせて作った弦は動物の油を泌みこませて筋のように強靭にしたものを張っている。

低く腰のあたりに横にたおして構え、矢じりと的を大きな眼で額ごしに睨みつけるタカナンの弓術は百発百中であった。

蕃人式の弓術練習で一汗かいた六郎太は、浴場で身体を拭いているとき、浴場の横を血相を変えた青年が二人タッタッと走り抜けた。

「何ごとか？」不審に思った六郎太は急いで上衣を着ると同時に、上里巡査がさっきの青年と共に「公医さん、兵隊さんが自殺したらしいすぐ来て下さい」大きな眼玉を一そう大きくして青ざめた顔で告げると同行を促した。

ブカイ社の西端、両側の山が相寄り渓谷になるところに一個分隊駐屯していた空兵舎があった。兵舎といっても急造のもので竹と萱で出来た粗末なものである。

「そんなところに兵隊がいたんですか」

はじめて知った六郎太は足早に行く上里巡査に追っかけるように歩きながら聞いた。

「いや今はカンタバンの方に引揚げて誰もいないんですがね。誰だろう？」

上里巡査も心当りのないもようであった。

兵舎の扉を開けると竹を編んで張った床があった。壁にしつらえた整頓棚に自分の軍服や下着類を洗濯してきちんと整頓をして、その下に日の丸の国旗を張り、右のこみかみに拳銃を当て自決していた。遺体は射った拳銃を右手でしっかり握ったまま、膝の上に置いたらしく上体が後にたおれると共に腹部の上まですり上っていた。

六郎太は思わず挙手の礼をした。従容とした見事な自決に検死の手をさしのべるのが勿体ないくらいであった。

「日本の再建にはこうした若い人が一人でも余計にいるのに」六郎太は心の中でそう思った。国旗の下においてあった遺書はただ一人東京で息子のかえりを待つ母宛であった。カンタバンの警備隊長中野見習士官の変り果てた姿にかけつけた伊藤警部もしばし声もなかった。

元隊員であった蕃丁達を集めてその夜茶毘に付すことにした。

明るい中は「隊長どの」といってまめまめしく働いていた青年達も、すっかり夜の帷が降りると性来の臆病風が吹いて一人減り二人減りして日本人巡査と六郎太だけになった。

駐在所から差入れの一升瓶を順々に回してのみながら山を下りた山見巡査が話題になった頃、カンタバン警備隊の伍長と兵隊三人が来た。

「お世話になりました。後は自分達でしますからお引取り下さい」伍長は挙手の礼をすると三人の兵隊を指揮して活発に火葬をはじめた。

「兵隊さん達だけでは大変だから警察の方からも残しましょう」といって伊藤警部は、上里巡査とカンタバンの青木巡査に残るよういいつけた。

懐中電灯の光をたよりに二十分も歩くと漸く蕃社にはいった。「ここまで来れば恙虫の心配はいらんですよ」と伊藤警部は六郎太の方をふり返って笑いながらいった。

「いや恙虫って恐ろしいですな。私共がどんな眼を皿のようにしても見つけきらないですもん、それを看護婦のキミコ達は、ホラここにいる、とかいって萱の葉を二つに折ってその角で取り出しますからかなわんです」

恙虫は、腋の下、肘関節や膝関節の内側の柔い皮膚に食い込む。特に男子の睾丸に食いこまれたら厄介である。多い襞の中は発見に困難を極めることは想像以上である。

石板石の低い屋根の蕃社は半分は穴居生活に近いたたずまいである。

だんだん蕃社の中央になると一応家らしい構えになっている。その一軒の家から低いうなり声のような、日本のご詠歌のような合唱が聞えて来た。始めて聞く異様な声に六郎太は「伊藤さん、あの声は何ですか」と尋ねた。「彼らの酒盛りですよ」と答えながらその家の方に歩いて行った。

戸の隙間から中をのぞくと十六平方米ほどの土間の中央に榾火を焚いて、そのまわりを十人ほどの男女が肩を組んだり抱き合ったりして粟酒を飲み酔眼もうろうとして、てんでに口を動かして歌っているのであった。

「彼らはこうして飲みはじめたら一週間くらいぶっつづけで飲みますからどもならんですたい」仕様がないといわんばかりに言い捨てるとサッサと伊藤警部は六郎太の袖を引いてかえった。

この山中で数少い同胞が二人山を下り、今また前途有為な青年将校が一人自決してひしひしと寂しさが身に迫って来るのを六郎太はどうすることも出来なかった。

接収

十二月も半ばを過ぎると、ブカイの蕃社は百花撩乱となり、陶淵明の桃花源記にある仮設の桃源郷とはここを指していったのではないか、と思うほど香ぐわしさ・美しさである。それは楼・梅・桃・杏がほとんど同時に咲きはじめることである。

おもしろいことには木の下枝から咲きはじめた花はだんだん上枝にと咲きすすみ、先端にまで咲く頃には下枝の花は立派な実となっているのである。

浴場の横にあるオレンヂなどは年がら年中花が咲い

て実がなっていた。百米余の山々に囲まれた盆地に川あり、吊橋あり五十甲歩（日本の約五十町歩にあたる）もの水田があって米は豊かであり、蕃社中は花盛りとなるので敗戦の身でなければどんなに楽しいところであろう。いろいろな事件や噂で慌ただしい暮を迎えた六郎太は、二十八日に来るという中国政府からの接収に備えその準備に忙しい毎日であった。

× × ×

「気を付け！敬礼」

上里巡査の号礼で六郎太は接収に来た蔣介石総統直系の若い士官に頭を下げた。

赴任して来た時に受けついだ医療器具と薬品の明細と員数を全部揃えて引渡した。

折角意義ある新生活をと思ってこの山奥まで来たのに皮肉なことに着任した翌日が終戦であった。六郎太はツイてないなと思った。

日本人の通訳を一人と郡役所の坂口警察部長、カンタバンの伊藤警部の二人が供であった。武昌の生れで重慶士官学校出という士官は二十二才の若さで、よく任務とはいえ一人で日本人とタカサゴ族ばかりのこの山中に来たものだと、その豪胆さに六郎太は内心おどろいた。軍服に似た国民服よりもモーニングの方が良いだろうという母のすすめで，六郎太は結婚式以来はじめて袖を通して正装した。

それに心証をよくしたのか、士官はいろいろとくだけた話をしてくれた。

直接言葉は通じなくとも、異民族であろうとも心と心は通じるものであると思った。

戦争というものは不思議な魔物である。常識をもった人達が一人でも多く相手を殺戮することのみに狂奔する悪魔の集団となり、理性も教養もが価値を失い、尊い人間性までも無視する野獣と化すのである。戦い終って一対一の人間にかえり相対すれば如何に莫大な損失を重ねて来たことか、六郎太はつくづくそう思った。

「あなたは私たちと同じ国民となったのですから仲良くしましょう。そして今まで通り勤務をつづけて下さい」と最後のあいさつをのこして接収士官はブカイを去った。

接収には警備兵が一個分隊か一小隊くらいも来て或は略奪などするかも知れないと思ってひそかに準備していた六郎太は内心はずかしかった。

自決した中野見習士官はこの接収の屈辱に堪えられなかったのであろうか？軍人精神とか大和魂というものは人間否定の権化であるとも思った。

しかし駐在所の構内に高くかかげてあった日の丸の旗を下ろし青天白日旗を揚げるときは涙が頬を伝って仕方なかった。

「俺は矢張り日本人だ」心の中で六郎太は強く強く叫んた。

接収を受けた六郎太達はこれでなるようになったという安堵感？か、翌日からはまた平常の生活にもどった。

ブヌンの結婚

「君達はね、二人が立派におとなの身体になってからでないと丈夫な赤ちゃんはできないのだよ。あまり早くからミニをおくさんにするからあんな赤ちゃんができたんだよ」

今日の昼すぎ蕃布の中から干からびたミイラのような嬰児を出して、

「公医さん、赤ちゃん死ぬか」

と診察を求めに来たおさな顔の蕃婦(タカサゴの女)に「お母さんはどうした」と聞くと「お母さん、わたし」と答えた。

余りにも小さくて幼いママに六郎太はおどろいた。

「ミニ、あんた、としはいくつになるの」

「ハイ、十三よ」

早熟であるタカサゴとはいえ十三才で子供を産むとは奇蹟に近いことだと思った。こともなげに答えたミニは、年のことよりも赤ん坊を早く診てくれといわんばかりの顔をして六郎太の顔を見ていた。

貴重なものを見る心地がして丁寧に赤ん坊を診た。

未熟児でその上母乳の足りないこの赤ちゃんは、極度の営養失調で泣く元気すら失っている。弱い心音は今にも消えそうで頼りなかった。哺乳瓶にミルクを溶いて乳首の皺深い小さな口をあててやっても吸う力も果てている。六郎太はどうしてよいかわからなくなって頭をかかえてしまった。

この山中では牛乳はもちろん乳ミルク等の母乳に代るものは何一つなく、それ故一の母乳が足りない場合はみんなこうして消えいるように亡くなって行くのであろう。

その赤ちゃんの父親である、口のあたりにマバラな髯を生やした頑丈な蕃丁は、六郎太の話すことが理解できないようであった。

男の数にくらべて少い女の数がめぐりめぐって自らを亡ぼしてゆくのであろうか。だんだん衰微してゆくこの人達を六郎太は黙って見過すことはできない気がした。

排他的な彼らは自分の蕃社以外の者とは結婚を嫌うので、絶対数の足りないことは暗い運命を更に暗くするのみである。

先日も一人の老人が死んだので新らしく後家になった老寡婦の生活はどうするのかと聞いたら「心配ないよ」と看護婦のキミコが代って答えた。

なるほど翌日はその老後家のところに二十(はたち)を越したばかりの青年が婚入りしていたのである。

「ね、君、結婚はだね、ただ性の処理をするだけではないのだよ。立派な子供を産んで君達民族が益々繁栄するように育てるのが結婚の目的だよ」といって聞かせても彼には何の効果もなかった。

女不足の蕃社では男はお互いに誰か先に死ぬのを待っているだけであろうか？

夜、駐在所の上里巡査に昼間の件を話すと、

「公医さん、全く仕方ないですよ。蕃社内に女の子が生まれるとたちまち結婚の申し込みがあります。申し込む相手は何れも十五、六才にもなっている若者であって、いわゆる親同志できめた許嫁ができるのです。その女の子が六杆はなれたカンタバンの教育所に通う頃になると、男の方はすでに二十才前後となっており身体はもう立派なおとなになっている。待てといってもいう方が無理かもしれないが、幼い許嫁の学校かえりを途中で待ち伏せて山の中で女にしてしまうのです。警察の方でも喧しくいっているのですが、ちょいちょいあって困っとります」

ため息まじりに話してくれた。

タカサゴ族の創生説と思われる話に昔ケシケシ山という白い雲を腰に巻いて天にもとどく高い山があった。そのいただきで、ものをいう不思議な石から生まれたという台湾花のアダムとイヴの話を思い合わせ、幾千年昔の話かしらないが、その当時からいくらも進んでいないのであろう彼らの生活と知能は六郎太の心に深くのこることであった。

首狩りの宴

中国籍になった六郎太は身の安全保証は或る程度出来て安堵はしたものの、この無智なタカサゴ達を立派な日本人の一員にさせてやろうというかっての希望というか目標らしいものを失った現在、また国籍がどう変ろうともさして気にもしないタカサゴ達の生活の中にいると、いつしか無為無策となって波風がたっている平地の情報も他人ごとのように受けとれてゆくのが不思議議であった。

診療が終わると、いつものように煙草を一本取り出して火をつけた。ゆっくり吸いこみ一息して鼻腔から紫の煙をスーッと吐き出した。こうして一本の煙草を吸いおわるまでオール天然色の映画をみることにしている。

映画というのは六郎太の机の廻転椅子を半廻転だけ左に回すと、すべてが眼の前にセットされてあって随時にドラマははじまるのである。

つまり窓枠を透して外界を眺めることである。これでも山の生活を慰めてくれる一つの慰安設備であった。

表の板塀が黒く画面を横切っていて、その板塀の向うとこちらとでさまざまなドラマが繰り広げられるのである。

ナップの木がその画面の中にあって、その実が漸くピンポン玉くらいの大きさになると、彼らの共産主義を発揮して、てんでに取るのである。

こんちくしょう、こんちくしょうとでもいって投げるのだろう、塀の下を通る蕃童たちが小石を投げては射ち落して行く。人影はもちろん見えないがピューッと飛び上がる小石が幾度か繰り返されると、まだ青くて固いナップは落ちてゆく。

ナップは柘榴に形が似ているので蕃柘榴ともいうが、成熟すれば香気の強いおいしい果物である。彼らはそのナップの本当の味も知らずに過すのであろう。

窓硝子の中から見るのですべてサイレント映画であるが、蕃童達の顔が見えるようで楽しい一シーンである。

今日も弓術の練習にタツカン警丁先生が忙しいのか来ないので、例によって暫しサイレント映画を楽しもうと椅子を廻すと、スクリーンの中に奇妙なものが右から左へと走って行く。

それは板塀の向うを頭を斜めにそぎった大きな竹筒が後から後からヒョコヒョコ高く低く出ては消えてゆくのである。

何時もと違う今日のドラマはとてもこの小さなスクリーンだけでは満足できそうもないので、六郎太は塀まで出て見ることにした。

スタンダードスクリーンから超ワイドスクリーンに取り換えた六郎太の眼に、いろいろ変ったものが映じてきた。

「おーい、何ごとかね」

塀の下を通りゆく竹筒の主に声をかけると、

「はーいこんにちは、今日はタカサゴのお祭りよ。公医さん、おくさんみんな来て下さい」

「ほう、そりゃありがとう。じゃがそりゃ何かね」

さっきから盛んに運ぶ竹筒を指しく聞くと、「公医さんこれ酒よ」と下から粟酒のはいった竹筒を六郎太の眼の前にニューッと突き上げて見せた。

粟酒とはどんな味か、一寸指を突込んでなめてみた。

韓国のマッカリーに似て酸味をおびた味は決して美味とはいえないが、「ウンこりゃうまかぞ」といってやると、黒い顔がほころびて白い歯がニヤリと笑った。

塀の直ぐ下が道路になっていて、その向うに旧蕃童教育所の運動場がある。千五百平方米くらいの大きさでその運動場にしつらえた宴席?に、九十リッターもはいるような大きな甕が数個適当な間隔をおいて据えてある。

この甕に蕃社で作った粟酒を常は水汲用に使う竹筒に入れて運び、ドボドボとうつしているのであった。

お祭りといってもお酒をのむことだけだが、そのお祭りが大好きという彼らは喜々として準備をしていた。

駐在所がだまっていれば一週間でも十日でも飲みつづける彼らに、時々こうして時期を見計ってはお祭りをさせるのだそうである。

その夜はどのようなご馳走が出るかと期待して宴席に出た。

少くとも福建料理とまではいかなくとも広東料理くらいのものだろうと喉を鳴らしていた六郎太は、彼らの自慢の料理なるものを見てさもしい期待をしたことがはずかしかった。

彼らには料理と名のつくものは何もないのである。日常は台湾鍋にお粥をかたくした程度のご飯を炊き右手の人差指と中指の二本で外側から鍋のふちを撫でるようにして廻し、指先にかきあつめたご飯をポイと口に放り込む。そして左手の掌には副食である蕃胡椒と少量の塩がのせてあって、それらをなめてはご飯を口に放りこむだけである。だからそれにくらべると今日は正に素晴らしいごちそうであるに違いない。

「公医さん今日はごちそうよ」といっていたキミコの言葉がうなずけた。

大きな竹を二米くらいに切って半分に割ったのが料理を盛る器であって、その一節ごとに南瓜の煮たもの、お化け菜といって一米余も大きくなるカツオ菜の煮たものなど単純な料理が入れてあった。

山牛や豚の肉はと見れば片隅に少しばかり入れてあるだけであった。野菜は塩を物凄く倹約してあるので水煮といった方が適当かもしれない。少量の肉はこれまた蕃胡椒がふんだんに使ってあるので口に入れると火の付くように辛かった。

蕃胡椒というのは多年生の胡椒で小さいが辛いことは天下一品、蕃社中至るところに自生しているのでふんだんに使えるが、塩はタカサゴ族にとっては貴重品であるので倹約するのは当然であった。・

なるほどそうであろうとは思うけれど、決して六郎太達には喜んでいただけるものではなかった。

それでも彼らは得意で誇らしげであった。酒甕からは冬顔(とうがん)の殻を縦半分に切ったものが浮べてあって、勝手にその冬顔の柄杓で汲んでは飲んでいる。

「公医さん合飲」とタカナン頭目が二十糎くらいに切った竹の一節を上だけ楕円型に切った竹杯に粟酒をいっぱい入れて持って来た。合飲を要求されてこばめば彼らに恥をかかせることで一万言の美辞麗句を並べても絶対に信用しなくなるのである。

「よし公医さん飲むぞ！」といって六郎太はタカナンと肩を抱き頬を寄せあって一つの竹杯に二人は口をつけた。しかしそれを飲むことは仲々の勇気がいることであった。六郎太は口はつけたが歯を閉じて飲むふりをしたが、一っぺんにばれて「公医さん駄目、口あけない」と、またやり直しを要求された。彼らは閉口する内地人を良く知っているのでごまかしは通らないのである。

粟酒をつくる時醗酵させる麹をつくるのに米の粥を口でニチャニチャ噛んではパッと吐き出して作ると聞き、また彼らの歯齦を思い出せばどうして飲みこむことが出来ようか。だが六郎太は悲愴な決心をして飲みこんだ。

松明（たいまつ）をあかあかと灯し、その下で酒を汲む野宴は豪快であった。毒食わば皿まで、六郎太は持ってこい持ってこいで思わず盃を重ねた。水のようにうすい酒もいつしかほろほろと良い気分になっていた。

校庭は処々方々に酒甕を中心に車座となって低いうなるような、泣いているような唄声が闇に滲むようにひびいていた。

やがてタカナン頭目のけたたましい声がして数カ所の松明が中央に集められて、みんなは暗がりの中にひとかたまりになった。

若い蕃丁が五、六人松明のそばに集り、それを囲むように老人達が坐った。

「何ごとですか」

横の上里巡査に尋ねると、

「アトラクションに首狩りの儀式をやって見せるそうです」

これは素晴らしい。一度見たいものだがと思っていたが演出であっても本人達がやるのだから面白い。六郎太は一挙一動を見逃すまいと目を見開いた。

一人の老婆が若者の前に出て盛んに立ったり坐ったりして身ぶり手ぶりも大袈裟に、口からは泡を吹くように呪うような言葉で若者達に何かいい聞かせているような仕草をした。これは自分の夫はこうして首を取って来たと若者達に教え度胸をつけているのだそうであった。

次に頑強な老人が出て来て先の老婆と同じようなことをやりだした。

これは首の取り方と意義を教えているのだそうで「吾々ブヌン族は勇壮な民族であって、首を取ることは男の誉れである。日本(警察)のいうような悪いことでは決してないから心配するな。取った首は自分達の身内となって、この蕃社の守り神様になって貰うのだから早う大切なお客様をむかえに行って来い」という意味らしい。

めらめらと燃える松明にキラッと光る蕃刀をサッとふり下ろす身ぶりなど背筋の冷えるような鬼気が迫っていた。

充分に度胸のついた若者達は出発の粟酒を飲み交すと、弓矢を右手に左手は蕃刀の柄をしっかり握って闇に消えて行った。

「本当に取って来るのでしょうか」

余りにもすざましい演技に佳代子は不安そうに六郎太に聞いた。

「おくさん芝居ですよ」と、上里巡査は笑いながら六郎太に代って答えたが、六郎太は内心、ひょっとすると吾々をだまし打ちにするのではないかと思わず後をふり返るのであった。

暫くすると、谷の向うから歌を歌うような彼ら独特のテレホーンである合図が聞えた。「そうらかえったぞー」頭目の声で松明をどんどん燃してあたりは一段と明るくなった。

頭目の指揮で祭壇がもうけられ、迎えに出た近親者と共に出草(首狩りに行くこと)の若者達が勇躍場内にかえって来た。

祭壇の前で首を受取った頭目を先頭に勝鬨の歌を歌いながら四股をふむようにして場内を一巡しはじめた。

勇壮な行列が終ると、新しく身内として迎えた首のお客様を祭壇に飾った。実際の場合は首の口を開け、粟酒を流しこみ、食道の切り口から出る血の混った粟酒を夫々杯に受けて身内のかための酒を飲むのだそうだが、今日は風呂敷で包んだ冬顔の前で酒もりがたけなわとなった。

飲む程に酔うほどに彼らのろれつは怪しくなり、足はふらつき誰かれの見境いなく相手にしなだれかかり抱き合って、リズムも何もない、ただうごめくようなチークダンスとなった。何時果るともない祭りはクライマックスにはいった。・

×　×　×

タカサゴ達はこうなることを知っていたのか偶然であったのか、二月にはいると、

「日系中国人は日本に送還せよ」というマッカーサー元帥の命令が出たと尾崎警部から知らせがあった。

彼らの首狩りの宴はこの地を去らねばならない六郎太達に最大の餞別の宴であった訳である。「引揚日時その他は後で連絡するが、取りあえずその準備をするように」とのことで、静穏を保っていた六郎太の身辺はまた何彼とあわただしくなった。

きびしい荷物の制限で持って帰られない着物や布団は全部ほどいて、蕃童達に綿入れの着物や可愛いチャンチャコ等を毎日のように母と佳代子はせっせと作ってやった。

絹のやわらかい肌ざわりをキャラキャラといって彼らは喜んだ。

「わたし達が去った後、この人達はまた蕃布一枚きりで不自由するのでしょうね」人の好い母は追い帰される吾が身を忘れて一枚でも余計にと針を運んでいた。

「これ公医さんお母さんあげるよ」

といってタツカン警丁の妻タマヨが真新しい蕃布を持って来てくれた。

「少い荷物の中にどうしていれよう。これを入れれば着物を一枚減さねばならないわ」有難迷惑そうな顔をする佳代子に「良いでしょう。それで布団袋を作りましょう」という母の発案にホッとして頂戴した。

タカサゴ達には、この蕃布一枚がゆりかごから墓場までつれそう大切な布である。

彼らは麻の木を切って皮を剥ぎ、谷川で晒らして木槌で叩き細い繊維にする。これを日当りのよい庭先で老婆が糸につむぐのである。糸車を廻して撚っている姿は、幼い頃祖母が炉端でしていたことを思い出して、六郎太はなつかしい思いで見た。

こうして作った糸は、土や草で染めて織機でカタンコトンと織るのである。ちょうど畳二枚位の布で赤ん坊が産れると新らしい蕃布でくるみ、はしっこから順々におむつ代りに股間にはさむので、その蕃布の周辺が黄色く染る頃には赤ん坊は一人歩きできるようになる。それからは、布団になり、風呂敷となり、狩りに

出ては天幕となり、死ねばその蓄布で包んで埋葬するのである。

たった一枚の布をいろいろと重宝な使い方をするものであって、単純にして合理的な彼らの生活を見ていると、われわれの生活の複雑さと無駄の多いことが、教えるべき立場の六郎太達の方こそいろいろと教えられたものである。

引揚げ

ブカイを出て一カ月かかってキールンの埠頭に着いた。終戦当時、反動的であったのか台湾人の感情が悪く、数多く耳にしたトラブルも、六カ月も過ぎると落着いたのか、台北を通過するときなどは、沿線の台湾人達は手を振って別れてくれた。去る者、残る者、ひとしく六十年の惜別が異民族の憎しみを越えたものであろう。

「あなた達は寒い日本にかえるのですから衣類を少しでも多く持ってかえりなさい」と意外にもやさしくいう中国官憲に、今までいろいろと取沙汰されていた苛酷な取扱いをされることもなく、これで妻や母を安全に連れてかえれるという安心感を得て六郎太はうれしかった。

引揚船としてアメカから借りたリバティ船の船艙に莫蓙を敷き全く鮨詰めの状態で詰め込まれた。

引揚事務手続き、所持品検査を代行した日本人係員、乗船してからの同胞である船員の引揚者に対する態度取扱いの苛酷無情さは、中国側官憲の温情的な取扱いとは全く逆であった。あれほど故国を慕い同胞を思いして帰化までした六郎太には裏切られた思いがして心外であった。「お互いに足を引張り合う心のみにくさ」これからの生活を思うと六郎太の心は暗かった。

ボーという出航の汽笛に「台湾の見おさめよ」といって永年住みなれた者や台湾で生れて育った人達は、われ先にと甲板に上ったが、六郎太は船艙に坐って静かに眼を閉じた。

ブカイを出発する日の朝、六郎太の前に両手をついて大きな眼に涙を浮べ「公医さん、門司に上陸したら是非とも電報をうって下さい」というタツカンに、「大丈夫だよ無事に帰して貰えるよ安心していなさい」

という六郎太の言葉を打ち消し、一層しんけんな顔をして

「ちがう。公医さんが日本にかえったら私支那の首を取って仇を討ちます」といった。

これは大変なことになった。驚いた六郎太は、

「タツカン、それはちがう。中国の首を取ったら公医さんは生きておれない。中国人の人、良い人でしたでしょう。接収に来た士官さんと公医さん握手したのをタツカン見たでしょう。友達になったのだから絶対に首を取ってはいけません。わかったね」

六郎太はあるだけの言葉を使って彼の間違った決心を思い止まらせた。単純直情な彼はポロリポロリと頬を伝う涙を拭おうともせず、じっと六郎太の顔を見つめて別れを惜しんだ。「公医さん達がかえったら、もう歌を作ってくれる人も教えてくれる人もない」と悲しんでいたキミコやタマヨ達が六郎太の脳裡をはなれなかった。

異質な感情、慣習の中で僅かな期間であったが心のふれ合う生活の思い出は、六郎太の生活設計を根底からくつがえした敗戦の苦脳をも忘れさせるのであった。

おわり（施設・技術）

譯者按：本篇發表於三菱化成文藝誌《菱の實》（季刊），昭和三十九年二月，連載三回。

由加利樹林裏

芹田騎郎 著
張良澤 譯

一 入山

「早安！喂—大家看這邊！哈咿，看這邊！」

在職員的喊聲中，散散落落地聚在埔里郡公所後院的數十個高砂族們，一齊朝向這邊看。

有的口銜用竹頭做的奇怪煙斗，有的雙手無所事事地下垂著，有的女人雙手忙碌地在編毛衣。大家的膚色都是同樣的黑，大大的眼珠頓時放出異樣的光芒。

「這位先生是剛從台北來的公醫。請大家打個招呼。」

被這麼一說，衆人齊聲喊道：「おはよう（早！）」當中有幾個人又加了一句「ございます（安）」。

雖是極爲簡單的介紹，但似乎彼此已互通聲氣了。

「公醫先生的行李放在武德殿裏。」說著，職員就啓開門鎖。

看似頭目的一個漢子走上來，大聲吆喝，開始指揮起來。

把行李分開來，男人裝進斗堪（背袋），女人裝進巴拉根（背簍），各自準備好的人就先上路了。

「行李的數目不點一下，行嗎？」我慌張問道。

「公醫先生，不用躭心。保證如數送到官舍的。」

被他一說，雖可知道他們誠信的性格而安心，但也對自己的愚蠢問話而感到有點羞愧。

看似頭目的漢子把行李分完之後，就走到我前面，彎了直角的腰，報名道：「我，武界社的頭目高山是也。」接著說：「公醫先生，大家都在等了。轎子也抬來了，請坐上吧。」

剃得光亮的頭，濃眉，銳利的眼神，厚厚的嘴唇，堅硬的下顎，令人感覺像尤勃連那那般強壯的男人。而且令我吃驚的是，比起我們帶有地方口音的日本話，他卻操一口漂亮而標準的日語。

「謝謝。我要走路，讓我母親坐吧。」

他們把不太願意坐的母親抬上去了。

他們所謂的轎子，類似中國大陸的輿，只是南國情調的，把屋形改成籐椅，抬的柄是長約五公尺的竹竿，極爲簡陋。

走起來會有很大的反彈，晃來晃去，搖擺不定。

起初感到不安的母親，坐慣了之後，就像孩子般地高興起來。

大約走了一小時之後，前此看慣了的本島人的家屋已不見了；不知幾時，險阻絕景的山麓迫近眼前。田裏的農作物也變了。已經來到卡肚社的領域了。

「這條路一直走就到卡肚社。」頭目指著左前方說。

「我是護士，名叫君子。」一位黑膚色、寬肩、二十歲左右的高砂族女人從頭目後面報了名字。

從埔里街出來就一直跟在我們後頭，大概心想什麼時候才要自我介紹，一直等著那機會吧。

一旦說出口，黑色的臉頰就羞得變成黑紫色了。

總督府的山下屬官所說的現地有一位護士，莫非就是這個人吧？

雖不致於想像成白衣的天使，但看到與我想像中的人一點都不像，實感驚訝。

穿著手織的麻布燈籠褲，褲管下伸出又大又黑的腳板，好像牢牢壓住地球的感覺。頭上吊著麻帶，背籃(巴拉根)垂到背上，大約有三、四十公斤的行李。

「我是君子的家內(老婆)是也。」另有一個三十歲光景的矮小男人從君子的寬肩後面走出來。

「老婆？」我甚覺奇怪，問道：「你是君子的贅夫吧？」

「哈，哈咿，是的。」

男人帶點口吃地回答。君子瞪了他一眼。看來像君子的跟屁蟲似的。爲了要說高雅的日語，把「良人」錯成「家內」了吧。

對於認眞的他們，當然我不會有惡感。

不慣於走路的妻子，來到山坡，每走一百公尺就大休息一次，登五十公尺就小休息一次。

「大家休息十分鐘吧。」我想背負行李的高砂族們大概也夠累了。

「公醫先生，別耽心。」頭目說著，一路往上爬。

來到湧出清泉的樹蔭下，妻子掬起水來撲撲熱烘烘的臉取涼。君子的丈夫從背袋（斗堪）裏取出用芭蕉葉包著的東西，拿過來說：

「公醫先生，請吃吧。」

「什麼呢？」

「哈—咿。這是糕。」不待口吃的丈夫說完，君子就搶著說：

「今晨四點就起來搗的。高砂出遠門時，一定要帶這東西。」

除了頭目高山和少數人會說一口流利的日本話之外，其餘大部份人，尤其是老人或三、四十歲以上的女人，都不會用助詞或接續詞，只會把主語羅列成幼兒似的語言。

我想起童年時代去遠足時，母親搗做的「力糕」，很懷念地吃起他們或許摻入手垢的糕餅。

「那個叫君子的女人看來屁股很輕。你可要注意呀！」

突然對我耳語的妻子，令我驚訝。

「怎麼可以這樣講呢？才見面，什麼都不知道，就……」

是女人的本能呢？還是敏銳的直覺呢？我感到厭惡。

大概是出埔里的前夕，尾崎警官的太太灌輸給她的智慧吧？當初持著高邁的精神，爲了要從病魔中解救高砂族，把什麼都拋棄而迢迢來到此地。老是糾纏不清的女人的嫉妒心，來到這偏僻的山中竟也拋不開，眞叫人感到心情暗淡呢。

高砂族女性愛慕內地人的男性而發生戀愛，便是過去霧社事件（一九三〇年）的肇因。有過這痛苦經驗的警憲，或許在入山之前就通告妻子要好好監視丈夫的吧？這麼一想，實感心灰意冷。

帶著腳力不足的妻子的我們這一隊，和別的一行人愈拉愈遠。來到山道，走不到三十分鐘，前頭的人已快爬到山頂附近了。突然傳來柔和、透明而清脆的歌聲。

和著那歌聲，從這個斜坡、那個山谷，甚至從整座山的處處，發出的聲音，組成壯麗雄偉的大合唱。

他們唱的歌詞內容我雖不懂，但足以令人忘懷剛才不愉快的思緒。

坐在抬轎上的母親，仍在我們前頭五十公尺的地方，邊搖邊彈地往上爬。

母親偶而不安地回頭看我們。當她看到我們的隊伍，就安心地把陽傘隨著山路的曲度而時左時右地撐換著。

爬了約莫兩小時，終於到達多福嶺山頂。山頂上不知誰做了一個涼亭，讓爬越此山的人得以在此拭汗，恢復疲勞。

我們一邊感謝造在標高一千四百公尺山上的這座涼亭，一邊停上來休息。

從涼亭下望剛才走來的北方，埔里盆地已遠遠地落在腳下了。

我不停地眺望下方，心中告別著過去的生活。

「公醫先生，前頭的人已經到達部落了。」

被君子一說，我才醒過來。

「那就出發吧！」

我催促道。看看腕錶，已十二時三十分。從埔里出發已過四個半鐘頭了。

第一次徒步旅行而且一路上坡走得夠累的妻子，來到下坡路，精神就來了，邊走邊和君子夫婦談著什麼，時而發出笑聲。

這兒位於台灣的中央，正是發源於標高三千三百公尺的能高山的濁水溪上游。

沿著谷底而流的河川兩岸的山丘，散落著幾個部落。亦即從霧社下來大約十公里處，有萬大社、伊那哥社、堪達萬社、武界社四個部落，再加上山麓的卡肚社，這五社便是我的負責區域。

我的身份是台中州警察部囑託，駐武界公醫診療所服務。

還在一個月前，做夢也沒想到會來到這樣的深山。辭掉台北的工作時，流著淚想要留住我的老經理說：

「你眞要拋下我不管嗎？」

那囁嚅的話語打到我心上，令我自問：我的行動沒錯嗎？

由於後備軍人召集而入伍第八二三四部隊時，山下屬官熱心地勸我說：「原住民地區沒有醫師，很頭痛。很多年輕的高砂族被帶去新幾內亞的森林作戰，這時候要是發生流行性感冒的話，恐怕會起暴動呢。總督府非常耽心。你要是能去的話，則眞是幫了大忙。」這叫我大爲苦惱。但想想會社方面少我一人也不致大礙，可是原住民地區卻需要我，加上部隊長的「務必請你去」一句話，終於決心赴任。

「你一個人倒無所謂，連你妻子、母親都要拖進去！」「要是頭顱被砍下來怎麼辦？」在同事們與前輩們的勸止聲中，我心中向他們告別道：「再見吧。」

開始下山了。當埔里盆地從視野中消失時，湧起了對未知世界的好奇心，心裏急著想趕快飛奔到部落去。

日月潭的取水口之一的堪達萬水壩，蓄著澄清的水，令人想起日光的中禪寺湖。眺望美景，心曠神怡。

下山走兩小時，終於來到任職地的武界社入口處。與出來迎接我們的上里巡查及其他駐在所的職員、太太們親切地打招呼之後，就被帶往診療所。

即將開始我的新生活的武界公醫診療所，躲在高聳茂密的由加利樹林裏，彷彿平安時代的繪卷中出現的木板茅草屋，靜靜地等待著主人。

「當年把高砂族從山上遷移來此地時，這兒正是全台灣瘧疾最猖獗的地方。當初人口超出三百人，可是現在已銳減到百名以下。所以總督府就在這裏開設了瘧疾防疫所，便是這個診療所的由來。因爲瘧疾病媒介的瘧蚊討厭由加利樹，所以在四周種得滿滿的。」

上里巡查不厭其煩地爲我說明道。

解開送到的行李，取出在埔里郡公所要他們新做的「武界公醫診療所」看板，掛在門口。

「大家一定等不及了！明天起開業啦。」

2 初次巡迴

要到散居在濁水溪流山峽的部落，都要走著路去。

到任第十天的八月二十四日，叫警丁高村君（按：原住民）領路；我帶著妻子到各警察駐在所去拜訪，並到各部落去巡視。

距離武界社五公里，溯濁水溪向東走，在溪流右邊有一細長的山丘，住著一個部落。那是布農族最北端的部落，叫堪達萬社。

這裏置有警部駐在所，掌管附近一帶的理蕃行政。有兒童教育所。老師也兼俱警官身份，由伊藤警部及四位警察擔任。

伊藤警部服務山地已二十多年，全身結實精悍的風貌，給人嚴峻拒人之感；但一接觸才知道是與外表相反的恭謙溫厚的人。

他被稱頌爲布農語的神明。原來同樣是布農族人，所住部落不同，往往語言就不通，因此只要伊藤警部出來通譯，一切事情都可圓滿解決。

像鷹眼那般銳利的視線，一笑起來就像兩個細細垂掛的下弦月。伊藤警部在高砂族中，得到絕對性的信望。

訪問完了，部落巡視也完了，已過中午，接著就向下個預定地伊那哥社出發。

仲夏的大太陽在頭上照耀，但不像平地那般悶熱，而是一種清爽的熱。冒汗的肌膚只要一進樹蔭下，汗水即乾；走起路來，倒有另一番樂趣。

有雙手環抱那麼粗的百日紅樹，樹幹自由地扭曲著。滑溜溜的大葉柯樹幹，在森林裏畫出抽象的線條。比起百日紅樹幹更令人驚訝的是直徑有二十公分、看來像樹幹的蔓藤。

由於強壯的生命力與附著力，變得比它所攀附的樹木更高大；到處垂掛著有三十公分大的類似刀豆的果實。

可愛的斑紋松鼠好奇地跑出來，兩手拜拜似地拿著樹果用小嘴啃著，兩頰鼓鼓地站起來看我們。

「哎呀，好可愛。」妻子看到松鼠靜靜不動，好似伸手就可抓到，就到處追逐著，好開心。

第一次進到原生林裏，看到老木倒地腐朽，供給小樹營養，以圖子孫的繁榮，深感自然攝理的奧妙。

走出森林的邃道口，感到外面格外明亮，前面見到一條用藤葛做成的吊橋。

「來到這裏，伊那哥社只剩二千公尺了。」

正當高村君說完，突然前頭的竹林裏，天兵降臨似地出現了兩個人。

的確看來像天兵……

雖然沒有束起鬢髮，但白布做的獵裝，褲管用腓腸筋束得高高的；脖子上垂著用山豬與鹿的牙或勾玉似的石玉串成的首飾。

腰佩蕃刀，手持弓矢，慓悍的身姿站立著。

這山區除了警察以外，不會有外人，因此看到內地人的我們夫婦，他們似乎很驚訝。但看到高村警丁，便領會到什麼似地行了一禮。

他們是伊那哥社的年輕人。伊那哥社以北便是泰雅族的分布區域。

泰雅族以前叫「高地蕃」，與布農族不同的是膚色較白，面相、骨骼幾乎和日本人分辨不出來。

「日安。是公醫先生嗎？我們也要回伊那哥社去。」

二十四、五歲左右的泰雅青年很親善地說著，就走到前頭去了。

想起以前有人告訴我：在山地，絕對不能走在高砂族前面，因爲他們看到前面走的人，不管是主人與否，都會想割下他的首級。所以千萬不能大意。

說不定這兩個泰雅族員的會那樣幹哦。

因爲他們與布農族不同的臉上緊綳著，額頭有寬約一公分、長約三公分的刺青，加上節奏有力的語言動作，不能不令人有這種感覺。回頭看看大好人的高村君的臉，截然大不相同。

不久，來到最難行步的吊橋了。

一端像用刀削的岩壁，深谷底下的激流像要穿過岩壁似地冲擊着。

兩山之間挾住一條激流的最狹窄處，掛了這條吊橋，但至少也有三十公尺長。

爲了要減少搖擺，必須一小步一小步像渡繩梯似的往前移。但儘管靜靜地走，來到橋中央，也會上下左右大搖擺，進也不得，退也不得。妻子哭喪著臉，叫高村君拉她的手，好容易才渡到彼岸。

渡過之後，才覺得沒什麼；但當我走到橋中央時，確實想到那枯枝要是斷了，怎麼辦？心中再度湧起危險的想像，不禁又揑了一把冷汗。但看他們三人卻若無其事的指著前方說：

「那山丘就是伊那哥社。」

順著他們指的方向看去，大約一千公尺處的山丘上，像甲蟲聚集的民舍。

從九州的延岡坐日影線北上到了盡端，山背上也有緊密並排的家屋。

想想那兒是日本神話發祥地——高千穗，再看看眼前青年的裝束，彷彿有走向二千年前的世界那般錯覺。

活於同一時代，越過一座多福嶺，生活的距離就差那麼遠，實不可思議。

來到伊那哥社駐在所，職員們早已一齊圍著桌子在等我。

行禮如儀後，就說：「先吃盛宴吧。」說著，夫人就端來加了砂糖的冷山泉。

「公醫先生必定愛吃這個。」川上巡查爬上桌子，從天花板吊著的一團剝了皮的蛇乾中抽出一條，在火缽裏烤一烤，遞給我道：「在山裏，這叫做魷魚。」

「愈嚼愈有味道喲。」

大家異口同聲勸我吃。眞不知如何是好。

入鄉隨俗！今後這種交際少不了。這麼一想，就咬下去了。

並沒有像他們所說的那般美味，但在深山裏，有朝一日這必定會變成魷魚味也說不定。大家把自己的份吃光了。

部落的衛生狀況極壞，一下子就聚集了一群病人。

我借用一個房間，即刻開始診療。

所幸由於高山住屋乾燥的緣故吧，並沒有特別嚴重的病人。

說有一個不知自己年齡的老人最近身體虛弱。我就去探訪。

用石板石茸成的屋頂與房屋的構造，跟布農族的沒有多大不同。

「睡在哪裏？」我問。

朝家人所指的方向一看，兩頭大黑豬乖乖地臥在一起。老人就睡在牠們中間。

「跟這麼大的豬睡在一起，既不衛生又危險。不會被豬踩死嗎？」我耽心地問。

「不，這是最高級的床呢。」川上巡查簡單地回答。

他們喜愛動物，幾近異常。動物是家族的一份子，如同兄弟一般。

從武界診療所可望見鐵線橋。常看到高砂婦女頭上掛著巴拉根吊在背上，把小孩、豬、雞一起裝進去，一起悠哉悠哉地渡過鐵線橋而回部落的背影。

而且豬尾巴上繫一條紅帶子，可見其愛情之深。

好像彼此語言相通似的，豬們爲了老人而一直陪睡在旁邊，令人感動佩服。

沒有地板的土庭房間裏，豬床對他們而言，是具備暖氣和彈性的最高級床。

診察完畢，走出屋外，看到幾棵大松樹。除了在基隆山看過之外，我以爲台灣沒有松樹，但伊那哥社這裏卻有許多大松樹，而且大樹幹發出的松籟聲令人懷念。再說這裏的烏鴉叫做內地烏鴉，跟日本國內的一般大。因而感到如同置身於國內的山中，無端湧起淡淡鄉愁。

離開伊那哥社，向萬大社進發。

從伊那哥社可淸楚看到萬大社。約有三千公尺的距離，在河川對面的山丘上，相當大的聚落。渡過深谷就到達。

萬大社靠近霧社，昭和五年十月爆發的霧社事件，本社也有人參與，所以迄今還有很多關於當時模樣的話題。

萬大社是我負責地區中最大的部落，有一百多戶人家。

駐在所的佐川巡查養了九個孩子，眞是個好爸爸。生了九個孩子，可是還很年輕漂亮的妻子，高興地歡迎道：

「難得你們來到這地方。」

是夜，聽取社情。這兒似乎沒有病人的煩惱，卸下了肩上的一個擔子。

翌晨，他們勸我順道去霧社逛逛，但我說等下次還有機會，就直回武界社去了。

走了一天才回到家。過了三天，再去訪問剩下來的卡肚社。

越過多福嶺山頂，向西邊山麓走三千公尺左右，森林中就有卡肚社。

因屬平地，所以這裏有前述各社看不到的榕樹；扶桑華開著大紅花。穿過香蕉園的馬路，呈現南國情調，感覺回到久違的台灣。

這裏距離有名的觀光地日月潭很近，此社的女人常接觸日月潭發電廠施工的工人，很快就感染到性病，災禍在部落中擴散了。

他們頹廢的性生活與對性病的無知，生出許多先天性的梅毒子女，使自己背負著黑暗的命運。

認眞一想，令人發愁憂悒而無所是從。

有誰能伸出強有力的援手？但恨敗戰之身，有何力量？我無可如何地逃也似地回到布凱社。

3 百步蛇

鈴鈴—鈴鈴—在急促地電話鈴聲中起床，拿起聽筒，突然傳來尖銳的聲音：

「被毒蛇咬了！公醫先生快來呀！」

「毒蛇嗎？你是誰？」

大概太過緊張，忘了報自己的名字。

「哈咿，堪達萬水壩的木下是也。請馬上過來。」

我反射性地看了掛鐘，午夜二時過一點點。

毒蛇藥，什麼都沒有，怎麼辦？反正非救人不可。

「木下先生，是誰被咬了？」

與妻子兩人共同生活的家庭，問了之後才覺多餘；但木下先生卻說是部下的高砂，一位每天往返埔里事務所的連絡員。我聽了才放下一顆心。

絕不是說高砂就死無所謂，而是說若是他們的話，就有可能獲救。因爲他們比日本人具有較強的毒蛇抵抗力。

急中生智，想起本島人的療法。

「木下先生，我現在說，你照我說的做。首先，把咬口的上臂束緊，然後叫他喝下一瓶米酒。我大概一個小時可以到達。過了三十分鐘，你就把束緊處稍微放鬆一次，讓血液通過一點點，然後再束緊。」

放下聽筒，叫妻子趕快去駐在所召集壯丁。現在打開醫療皮箱，要裝什麼呢？想起在台北出發之前，就料到可能會發生這種事，所以通過總督府的介紹，到陸軍醫院要毒蛇的血淸。

「這時候還有那種東西嗎？你到山上，毒蛇就會逃掉的呀。」

一位關西口音的下士官一口就回絕了。

青竹絲、百步蛇、眼鏡蛇等，都是台灣山地的猛毒蛇，要入山而沒有血淸，叫人多耽心呢。

果然才到任不久，就碰到這種最大難關，眞是……駐在所召集壯丁的鐘聲劃破了靜寂的夜空。

光想也沒有用，反正有什麼就帶什麼，只要盡自己所能就好；遂把可以解毒的東西統統塞進皮包裏。

強心劑、高張糖液、林格爾液、止血劑、維他命什麼的，一邊在腦中整理確認，一邊衝門而去。

像流墨似的暗夜，被蒙著眼睛而抛出空中，雙手抓不到東西的感覺。只因沒有確實可救的自信，才會更增加我不安的心情。

舉著火把的幾個壯丁從駐在所朝這邊過來。

「公醫先生，太辛苦你了。」上里巡查以軍人口氣慰勉我。並對壯丁們仔細吩咐了注意事項。

他們只穿單薄的上衣和內褲一條，而且打赤腳。可是我的裝束卻幾近滑稽的重裝備。只因我怕毒蛇和恙蟲。

長統布鞋捲上綁腿，爲了怕毒蛇的牙齒穿過去，再加上皮綁腿；長袖上衣，加上手套；帽子下面再用毛巾包住臉頰。

奇妙服裝的強烈對比的隊伍。一行人舉著火把圍著我而出發了。

以登山隊的爬壁要領，從濁水溪的左壁，抄險峻的近路，到達水壩的事務所時，比預定時間早到十五分鐘。

一邊向等候的值夜者聽取報告，一邊再往上走一千公尺左右，那兒有電力會社的宿舍。

說是上完廁所後，伸手要取草紙時，正好被埋伏在便器前的蛇咬到拇指與食指之間。

一會兒就到了宿舍，木下主任在門口迎接道：「公醫先生，對不起，請快來診療。」說著，便帶我走進傷患人家。

打開玄關門，就聽到吁——吁——的呻吟聲和米酒特有的香味撲鼻而來。

傷患者漲紅的臉，不斷呻吟著。

「喂！振作起來！公醫來了，沒問題啦！」我大吼著給傷患者打氣。

把過錳青酸鉀溶於一臉盆的水中，變成粉紅色的液體；把受傷的手浸入水中，用手術刀在傷口割幾條新傷，把血液擠出來。

拿大量的脫脂綿浸了水，包在傷口上。

連著打強心劑、高張糖液、林格爾的注射液。沒有血清，用這樣的急救法可以得救嗎？內心甚覺不安。除了給注視我的一舉一動而操心是死是活的木下先生及其家人的眼中一些安慰之外，我想傷者與我都知沒有得救之道的。

「這時候儘可能保持鎮定，一切處之泰然吧。」我對自己說著，繼續治療。

不久，脈搏漸趨平穩，愁眉展開了。

「您看怎樣呢？」憂愁的木下先生問道。

「請不用躭心了吧。」看到呼吸漸漸恢復正常的傷者，我半有信心地回答。

最後，爲了止痛，給他打了一針巴比奈爾液。說：「等一下會想睡覺，不用躭心了。」拔了針，輕輕揉著他的手臂。他大大地點了頭，泛出微笑。

這時候的眼神，與剛才充滿不安與焦躁的險惡眼神完全不同。那是完全放下心而又充滿感謝的溫暖視線。

我心中不禁膜拜感謝這次的幸運。

病情很快地好轉起來。家中的氣氛隨著黎明的降臨而明亮起來。豪爽的木下夫人揚聲說道：「公醫先生，沒什麼可招待的，早飯已準備好了，請吧。」

於是我走出傷者的家，來到木下家裏。

「呀，好危險喲。以爲必定會死，眞叫人焦心。沒想到被您救活了，非常感謝。」

木下一再感謝笑道。可是我一心在思考爲什麼能救活，因此他的笑容只朦朧地映在我眼裏而沒看清楚。

毒蛇是百步蛇。被牠咬到的人在百步之內必死無疑的猛毒性，因此被稱爲百步蛇。半公尺長的屍體躺在地上。

毒蛇咬了人之後，有暫時不移動的習性，所以當場被家人報仇而打死了。

愈是文明未開的人愈相信奇蹟。以前在蒙古服務的時候，以爲注射鈣質就可治病的蒙古人，無論得什麼病，都來要求打針。因爲一打針，全身就會發熱，便以爲病好了。

曾有一位中國人帶老母來求治右手的燙傷。因爲五指的第一關節附近已全部糜爛，且露出指骨，所以非把全部第二關節切斷不可。

「大醫官，請等一等。我們要開家庭會議才做決定。請等到明天再說。」

因爲中國人相信現世沒有指頭的人，來世出生時也會沒有指頭，所以兒子一個人不敢做決定。

翌日，兒子回來說：「大醫官，沒有法子，切斷好了。」於是動了手術。

那一夜想給她鎮痛劑，但在烏拉特這偏僻地方什麼都沒有。只好用藥包紙包了兩包重曹交給她，並叮嚀道：「今晚十點喝一包，如果還痛的話，再喝第二包。千萬不可兩包一起服用。」

翌日，我有點不放心，便去病房探望。「大醫官，昨夜我睡得很好。」

好像在等我到來的老母明朗的表情，令我嚇了一跳。

那樣的奇蹟竟然遠在台灣的山中又發生了。

向木下謝了飯，再去傷者家看看。

傷者睡得很熟，恢復得像換了另一個人。握握他的手，感受他規律的脈搏，心中感謝神的救助。

來時只有火把照脚下，四周黑漆漆地什麼都不知道。現在天已大亮，回程就繞湖畔回去，眞感神爽心怡。

水壩附近的竹林中，松鼠向我拜拜，我把衣袋裏的落花生全掏出來投給牠們。

「這回的公醫先生可以叫死人復活呢！」雖還不至於白髮三千丈式的誇大，但謠傳又生謠傳，終至我的管轄區以外的部落，也有病人來求醫。

我總算通過了他們無言的審查。

4 牛小偷

昨天下午下起了傾盆大雨，一刻不停地一直猛洩不止。

附近的堪達萬水庫的放水的警笛，像空襲警報似地不斷鳴叫。閃電時而把四周景物浮現於青白色的閃光中。雷聲轟隆。

「哞——哞——」

不知幾時，傳來水牛的叫聲。眼睛逡巡一看，那兒有一頭，這兒也有一頭，被繫在由加利樹下。

閃電發光、雷聲響起時，牛就怕得哞哞叫。那叫聲跟牠雄威的犄角很不相襯的怯弱的聲音。

因爲是水牛，當然不怕雨淋，但下雨之前繫在這兒，到底爲什麼呢？

以樹幹爲圓心，像畫圓圈似地四周築起了一道牛糞山；雨水在牛糞山上沖出各式各樣的峽谷。

「好髒哦！爲什麼不牽回部落呢？」甚覺不可思議的我，半帶責備地說。

我自言自語著。正在這時，又牽來了一頭。

「喂！你！爲什麼在這大雨中，把牛繫在那兒呢？」甚覺不可思議的我，半帶責備地問。

「公醫先生，牠做小偷了呀！」

「……什麼？牛當小偷？到底那隻牛偷了什麼呢？」

「哈咿，牠吃了園裏的地瓜喲。做了壞事情，就該受懲罰。」牛童回答道。

「是嗎？……壞牛啦！但你要把牠繫到什麼時候呢？」

「不知道。」

牛的刑期大概要等到駐在所的上里巡查來判決吧——巡查的表情必定認眞的樣子吧。牛童把牛繫好，就急急離開了。

原本不知事情善惡的天眞的他們，前輩們如此地教育了他們吧……

沒有犯罪意識的水牛們，在鞭笞的雨中，一邊眨著眼瞼，一邊嚼動著嘴巴。

5 山牛肉

連日的大雨也停了，山頂上的烏雲也散了，露出了一點青空。喘了一口氣的我們夫婦趕快爲我家所養的十幾隻雞、鵝與長得像火雞的生蕃鴨淸掃糞便，並把濕氣很重的棉被拿出去曬。這時，後門有人叫著「夫人、夫人」。

「來——啦。」妻子應聲出去，然後大聲嚷道：「嘛！好漂亮的松菇！」好像久已遺忘的松菇滋潤了她的喉嚨似的。

母親和我飛奔出去看個究竟。

「夫人，這是香菇喲！」壯丁說。

只看過曬乾的香菇而沒看過生香菇的妻子與我皆感半信半疑。於是，我拿了一個嗅嗅香味。「嗯，這還眞是香菇呢！」

但就其大朵、形狀而言，可眞是漂亮的香菇，令人忘了謝禮就收下了。

聽說每當颱風季節一到，他們就走一星期到能高山，去摘取野生的香菇。他們又沒有充備的雨具，怎樣躲避那激烈的豪雨呢？一定經過千辛萬苦而得來的。眞感謝他們的厚意。

大概是打算替代醫藥費吧，他們會拿各色各樣的東西來送。旣然是出自他們的純然好意，拒收的話恐會失禮，於是乾脆爽快地拜領了。但不好好考慮斟酌的話，有時候會碰到災禍的。

有一次送來一堆雞蛋。

感謝拜收之後，即刻拿來做晚飯的菜肴。盛來熱騰騰的米飯，拿蛋來往碗唇一敲，就把生蛋放進飯裏，突然一陣惡臭撲上鼻來，叫人要吐。

「呀！這是臭蛋嘛！啊，臭臭！」

大家聞了那臭味，結果晚飯都吃不下了。

「難道他們對我有什麼怨恨不成？」

但想起他們毫無虛僞的表情，這事實如何解釋好呢？令人百思不解。

「總之，把那些蛋都丟掉。」我憤慨道。

「但是好可惜哇。人家好意送來的呢。」

妻子就一個一個拿來搖一搖，檢查看看。

「沒有壞的只有三個，其餘完全不行。但這三個也會咚咚作聲呢。」

甚至有的打開來，竟然也有小雞的雛形，更是令人驚倒。

聽了這話的上里巡查捧腹大笑道：「哈哈！公醫先生，您被耍了一招了。」接著，他解釋道：「其實他們吃臭蛋是很平常的事喲。所以他們以爲內地人也一樣地吃呢。並不是特別有什麼怨恨或惡意的。」

這叫我不能生氣了。

原來當母雞做巢生蛋時，他們就讓牠一直生下去而不去拿開雞蛋，結果雞蛋下了一窩。直到母雞下最後一個蛋時，最初下的蛋不是被孵出小雞，就是孵不出來而變成臭蛋。

不管結果怎樣，凡是善意送來的東西，還是要照單全收下，並深深致謝之。

又有一次，竟有壯丁瞞著駐在所偷偷去打獵。（他們的狩獵是受到嚴格限制的。因爲若讓他們自由去打獵，他們就會拋棄農耕及其他的勞務。所以狩獵必須取得駐在所的許可。）

夜已深，壯丁悄悄來到我家，從斗堪裏取出一塊黑色的東西，遞過來說：

「公醫先生，給您豬的貓（我知道他們把「肉」的發音唸成「貓」）。」

「殺了豬了嗎？」我看那黑得不像豬肉，頗覺奇怪，便探問道。

另一個人即刻訂正道：「公——醫先生，這，山牛的肉。」

山牛我沒看過，想必比水牛肉好吃吧。明天就來個涮牛肉，已三月不知肉味了。於是就把它收進櫥架裏。

翌日。妻子竟然拿到診療室來，說：「您看看，這塊肉有點怪怪的。」

肉的表面烤得又黑又焦，變成硬硬的。但有一部份沒有烤到，從那裏到內部可能都臭掉了。

由於有過上回的雞蛋事件，於是就把在藥局收拾東西的君子護士叫過來，問道：

「這塊肉好像臭掉了。妳看怎樣？」

君子一邊在圍兜兜上擦擦手，一邊仔細地審視，最後鑑定道：「這是上等肉。」

「是嗎？那就送給妳好了。和妳丈夫兩人一起吃吧。」

君子不好意思地收下之後，才坦白說出如下原委。——

這回出去狩獵的，最先有四個人。十天前的黃昏出發，但途中遇到一條蛇從左邊橫過右邊，判定是不吉的徵兆，便折返回來。翌日黃昏留下一人，三人再度出發。

相信吉凶徵兆的他們，一路上走走停停，費了很多日子。

越過幾座山，看到了一頭山牛，就追逐山牛，終於追到新高山（玉山）附近來。

因爲離部落已很遠，獵物無法帶生的回來，所以就當場用火烤一烤，變成燻肉了。

送到我家來的是沒有烤透的半生肉，但比起雞蛋來，已是很「上等」了。

吩咐君子回部落時一定要向他們致謝道：「公醫先生感謝很多很多。」

期待久違的涮牛肉終於放棄了。

後來才知道他們所說的「山牛」，是羚羊的一種。

6 杵音

標高一千二百公尺的這裏，接近天空，空氣澄清。十五夜的月如鏡，月光揮灑大地。

「雖沒有芒花，但也無礙賞月呢。」

我們就坐在屋簷下，欣賞著又圓又大的月亮。這時，不知從何處傳來啌隆—咔朗—啌隆—咔朗—的優美音色。

遠離人跡的此山中，意想不到會聽到如此奇妙的聲音，驚奇莫非天女在演奏雅樂的聲音呢？

三人不由得穿上木屐，循著那美麗音色而走去。

穿過茂密的龍眼樹下，來到大門外，濁水溪在下方閃耀金色鱗片，而後流向黑色峽谷。

舖著石板石的廣場，堆著一堆粟穗。大家拿著杵，圍著粟穗堆而搗著。

與月世界中搗糕的兎子所持的杵一樣形狀，有大的小的、粗的細的、長的短的。藉著滿月的月光而工作。雖是原始性的工具，但這種了不起的構想和組合，尤其是選在滿月之夜的演出，對於連文字都沒有的他們而言，這不是空前絕後的文化遺產嗎？

幾近動物生活的人們，神賜給他們特有的杵音，出世間之污泥而不染，可謂天音。

有的背負著月光，有的臉上承受月光，每一個人都沈醉於自己的杵下所發出的音律。這些臉都不知邪惡是什麼，看來就像菩薩那般美麗崇高。

隨著頭目的口令而順次搗動的高砂們，看到我們來參觀，就更加用心地搗起來，永無止境地流出美麗的杵音。

或許是被這杵音啓發靈感的吧，有一天我去後山砍了一節竹子，做了一枝洞簫。試吹看看，音色不錯。高興得每夜都在屋簷下一個人吹起來，怡然自得。

我一吹起洞簫，高村就會來我家。愛好音樂的他，大概認爲我是知音者吧。

「公醫先生，我也帶樂器來了。」

他把手上的小弓拿給我看。

「哦—這是樂器嗎？」

我拿過來看。像筷子長的竹片，用細鐵絲拉成半月形的弓，就這麼簡單的樂器。

「這怎麼彈呢？」我問。

「很簡單。」高村說著，把弓的一端銜在嘴裏，左手輕輕扶著另一端。用右手的食指與中指彈起來了。

但是在旁邊的我卻聽不到什麼聲音。

「沒有聲音呀。」

「公醫先生，這是給自己聽的。再唱上自己愛唱的歌，就更好聽了。」

「借我試試看。」

我照他的說明彈一下，果然聽得到，而且優美的旋律一直傳到耳朵裏面。雖是單線，卻有絃樂器的音色。

「這叫什麼？」我問他。

「不知道。本來就沒有名字的。」

「因為銜在嘴裏，就叫口琴吧。」

於是我們就把它命名為「口琴」了。

當他們出遠門去打獵時，晚上一個人就在營火的旁邊或坐在岩石上，一邊懷念遙遠的故鄉或情人，一邊彈口琴的吧。

從這孤單的樂器彷彿可以看到高砂族寂寞的未來。

他也拿我的洞簫端詳著，看看竹管裏面沒東西，卻能發出聲音，甚覺奇怪的樣子。公醫先生眞厲害，這空無一物的竹管竟能吹出美妙的音樂實在了不起。他一定這麼想，所以幾乎每夜都來我家。

在這陸地孤島的山裏，我與他超越了民族的差異，感到靈魂一天天地融和起來。

他還講了許多自古流傳下來的故事給我聽。雖然內容稚拙，但很有趣。

就在這交融之中，有一天，上里巡查突然跑來說：

「公醫先生，聽說日本投降了，戰敗了！剛剛接到警察電話。」蒼白的臉，帶著幾分顫抖的聲音，接著說：「各人繼續現在的工作勤務，等候以後的指示。」眼中含著淚水，說完悄然離去。

自從入山以來，美軍的格拉曼機一次也沒看過，心裏一直感到疑惑與不安。如今不幸成為事實了。

天女奏出的美麗杵音猶在耳際，剛剛還在欣賞的明月，突變成空空的光線反射體而已。徒嘆國破山河在，奈何淚水滂沱而下。

警察部遲遲不敢發佈八月十五日日本敗戰的消息，是因怕高砂族發生刈首與暴動的緣故。

7 接收

「立正！敬禮！」

上里巡查一聲號令，我們排成一列，向來接收的蔣介石總統直系的年輕士官低頭行禮。

到任以來所繼承的醫療器具及藥品的明細表和人數

統計全部齊全交上去。

其後，接到中國警察部的指示：一律歸化中華民國國籍，做為中國的公務員繼續於當地勤務。

不忍讓年高的母親終老於異鄉之地，所以請求把母親遣送回日本。我們夫婦倆還年輕，歸化也無妨。以少兩人回國，至少同胞的口中也可多一粒米吧。以如此悲壯的心情，向中國警察部辦了手續。

不久，便收到中國公務員的任命狀與第一個月的薪水一千五十圓。

得悉我們已歸化的高砂們高興地說：「公醫先生，要當高砂嗎？」

頭目高山即刻拿來一把蕃刀送我。

無論造房子或彫刻小東西，他們只要有這把蕃刀在手，一切都可得心應手。

做成魚形狀的刀鞘，一邊是木頭，另一邊用粗鐵線打成扁扁，間隔一公分嵌進木頭裏。

刀身又寬又厚如軋刀，但刀尖細銳。刀柄與刀身相反方向地下垂，因而無論要刺或要切，都很合乎力學原理。

刀鞘隨意彫刻自己喜歡的圖樣；刀柄纏盤紅色毛線，刀柄前端更裝飾著一兩個毛線球。

非常別緻的設計，與其做爲戰鬥的工具，不如掛在牆上觀賞來得適恰。這不愧爲精美的工藝品。

高村警丁送我弓與矢。君子的丈夫送我巴拉根（背籃）。

更有趣的是，正在給我動手術切開腳底的巴里巴揚也送了我一個用竹根做的高砂煙斗。連不會講日語的老人家，也爲我而高興，眞叫人心慰。

頭目說若想種田的話，他也要送我田地；但我婉拒了。

大家都由衷地喜慶我們的歸化。大家都在想盡辦法讓我們能過山上的生活。

每天診療完畢，我就背著巴拉根去濁水溪邊或山腳下去採野生的鵝仔菜。

聽到我的腳步聲，就張開小翅膀，搖晃著屁股，興奮地來回奔跑的小鵝與小蕃鴨。我爲牠們努力找食物。

有一天，照例背著巴拉根，手持蕃刀，沿著濁水溪而下，經過一個小寮時，突然有人叫我：

「公醫先生，請過來一下。」

什麼事呢？我靠近一看，原來有幾個高砂圍坐一圈在喝粟酒。

「今天有啥事？喝喝酒，好爽快！」

若拒絕了他們的邀請就不禮貌，只好一邊喝著用污穢的竹杯盛給我的粟酒，一邊聽他們胡扯。——

「現在已可以隨時喝酒了吧！」

「爲什麼非要工作不可呢？」

他們怠惰的本性又開始抬頭了。

看了他們昏濁的眼睛，令人耽心過去辛苦開拓出來的五十公頃良田，以及這美麗的桃源世界，不久將會被狡滑的平地人佔爲己有。

付出莫大犧牲，好不容易才把他們引導到這地步，可是眼看不久即將……想至此，心中頓覺暗淡而厭惡起來。

送我弓矢的高村警丁，幾乎每天都來邀我練習射箭。

今天，我診療完畢，正喘一口氣時，他又從圍牆上翻跳過來，約我出去。我就把掛在壁上的我喜愛的弓與矢取下來，跟他出去。

倉庫前的柿子樹上，結了許多紅柿子。無數小鳥飛來，鳥聲吵鬧極了。

「公醫先生，今天我們來射柿子吧。」

他好像是當了教練似的，認眞地指導我。

「公醫先生，您不能跟他們比賽射技喲。您要是輸了一次，以後他們就不聽你的啦。」

上里巡查小聲地提醒我。

當然愈是文明未開的人愈是以力量來支配一切；但我並不以爲然。

「公醫先生，不錯，進步很快。」

我一命中，高村就很高興地稱讚我。若未命中，他也不會卑視我。

用麻線合撚成弦，沁入動物油，做成很牢的筋，拉緊長約一公尺半的梓木爲弓。先在腰際橫拿，安上箭；然後上舉豎放至額前，瞪大眼睛瞄準箭頭與目標。高村的弓術百發百中。

無論是蕃刀的使用方法或日常生活，他都細心地教導我。

他們都努力地希望我們這個新手高砂族早日變成老手高砂族。

8 刈首之宴

每當診療告一段落，我就點上一枝煙。慢慢吸口氣，停一下，然後從鼻孔冒出紫煙。

在我吞吐紫煙之際，我就一邊觀賞天然色的電影。所謂電影，就是把我的迴轉椅轉個半圈，就呈現在我眼前。那裏隨時都有戲劇演出。

也就是透過窗框，眺望外界的景象。這是唯一安慰我單調的山中生活的娛樂設備。

外面的木板圍牆黑黑地橫切過畫面。那道圍牆的外面與裏面，展開種種的戲劇。

一棵拔拉樹正好立於畫面中間。當果實結得像乒乓球那般大時，走過牆外的兒童就拾小石頭來投，邊投邊叫嚷：「幹伊娘！幹伊娘！」

當然看不到人影，只見石子重複飛上又落下。看到又青又硬的拔拉被打中而掉落時，我便很遺憾地說：「若再等幾天，就可以長得更大更甜給你們吃的呢。」

今天，巴里巴揚(老人沒改日本名字)那又厚又硬得如同軍靴底的腳底切除手術已完成。照例又把椅子一轉，開始欣賞電影。不意看到很奇怪的東西從右方跑向左方。

那是從黑色圍牆外伸出頭來的粗竹筒，每根竹筒的末端都削成斜斜的。高高低低，一枝跟著一枝消失而去。

與往常不同，今天的戲劇從這小銀幕上似乎無法滿足。我便走到圍牆邊看個究竟。

「喂—什麼事嗎？」

我向抬著竹筒的人問道。

「哈咿，午安。今天是高砂的祭典喲，公醫先生帶夫人來呀。」

「哦—多謝多謝。不過那是什麼東西呀？」我指著竹筒問。

「公醫先生，這是酒啊。」

他從牆下把裝了粟酒的竹筒高高舉到我的眼前。我把指頭伸進去一沾，嚐了嚐，果然是粟酒。類似朝鮮的濁酒，帶點酸味，不能說好味，但我還是讚美道：

「嗯，不錯不錯！」

他黑色臉上就露出白齒，得意地笑了。

圍牆下面就是馬路，往下直走二千公尺就是兒童教育所的運動場。大約有五百公尺平方的運動場，就是他們今天的宴會場吧。只見幾個大水缸間隔平均地放置著。

各家用平常運水用的竹筒，把自己釀成的粟酒運來，噗咚噗咚地倒進大水缸裏。

愛好祭典的他們快樂地忙著準備。

聽說要是駐在所不加以干涉的話，他們一喝就連喝七天或十天。

今夜會出什麼好菜呢？我懷著期待的心情參加宴會。

至少也該有廣東料理吧。吞著口水的我看到他們自負的料理時，眞爲自己的饞嘴而羞愧。

他們沒有一樣東西可以叫「料理」的。

平常他們所吃的，是用台灣鼎煮粥，等到水氣乾了之後，用右手的食指與中指兩根指頭，從鼎裏的邊緣一迴轉，把沾在指尖的飯團放進嘴裏。放在左手掌上的胡椒與少量的鹽巴就算菜肴，舔一舔，再吃一口飯。如是而已。

所以今天比起往常，可以說是特別豐盛了。

把兩公尺長的粗竹筒剖成兩半，便是盛放料理的器皿。每一竹節裏，分別放進南瓜、山芋、「鬼仔菜」等煮爛的單純料理。

叫做山牛的肉則放一點點在盡端。菜類只用水煮，清淡無味；可是肉類卻放了很多胡椒，一入嘴裏就像火燒。爲要把嘴唇與舌頭的火辣辣鎮壓，就猛喝粟酒與水煮的野菜。

酒缸裏浮著冬瓜瓢，要喝的人就用瓢舀起來喝。

「公醫先生，合飲！」

一節長約二十公分的竹筒，中間開了三分之一的口，裏面盛滿了粟酒。頭目拿了這合飲杯來邀我。

一旦被要求合飲，即使用美辭麗句來拒絕，他們都會不信賴你的。

「好哇，公醫先生要喝啦！」

頭目高喝著。兩人互抱著肩膀，臉頰靠在一起，嘴巴同時湊近竹杯。但我閉著唇，佯裝喝的樣子而已。

「不行！公醫先生沒有張口！」

馬上就被識破了。不得已，下定決心喝下去了。

聽說他們做粟酒的方法是，先將粟米放進嘴裏嚼成米漿，再吐進壺裏做爲酵母的。想起他們的牙齦，怎麼也喝不下。但看他們內心似乎在取笑道：「內地人裝派頭，根本就不行！」我就只好不顧一切了。

好漢喝毒連盤子（按：意謂打落牙齒和血吞）的悲壯感，來！再來！連喝數杯。淡得像水的酒。不知不覺也會飄飄欲醉起來。

操場裏處處放置的酒缸爲中心，人們圍坐著。隨著夜幕低垂，傳來低沈如泣如訴的歌聲。

在頭目的指揮之下，五、六個年輕人集合於庭中央的大火炬下；老人們圍著他們而坐著。

「要做什麼呢？」我問在旁邊喝酒的上里巡查。

「餘興節目。要演刈首級的儀式。」

這太好了。以前就想看。即使是表演，也是地道的高砂自己演的。我一定不放過一舉一動。

一個老婆走到年輕人前面，又坐又立，比手劃腳，口裏吹泡沫似地咀咒著什麼，非常誇大動作地對年輕人講話。

聽說這是向年輕人訴說自己的丈夫如何取下首級回來。要年輕人勇敢去戰鬥。

其次，一個頑強的老人也走出來，跟老婆一樣的作法。

這是在教育首級的取法及其意義的。大概是這個意思：

「我們布農族是勇壯的民族，刈首級是男人的榮譽，絕不像日本人所說的那般壞事。要對方成爲我們的親人，成爲我們社裏的守護神，所以趕快去迎接我們的貴賓吧。」

熊熊燃燒的火炬，喀擦一聲拔出發光的蕃刀，煞地砍下去的動作，令人背脊發冷。

不久，充分鼓起勇氣的年輕人飲下出發的粟酒；右手舉著弓矢，左手握著蕃刀柄，消失於闇夜中。

「眞的要割人頭來嗎？」妻不安地問。

「太太，那是演戲呀。」上里巡查笑答。

但那認眞的表情與動作，在昏暗的微光中，一點都不像演戲。

過了一陣子，山谷的那邊傳來他們獨特的歌聲似的暗號。

看吧，他們回來了！

把火炬燃得更亮，照亮了周圍。

頭目下令設了祭壇。跑去迎接的家人們邊躍舞邊回到場內來。

在祭壇前接受了首級的頭目帶頭唱起勝利的歌聲；大家跟在後頭踩著四步舞，巡迴場內一周。

隊伍繞完後，就把「新族人」的首級置於祭壇上。照說再來的儀式是這樣的；把首級的嘴巴張開，把粟酒灌進嘴裏，然後和血一起流出被切斷的食道；各人拿杯子來接酒，喝下去表示家族感情永固。

但今天用包巾包來的冬瓜頭，實不夠刺激；然而大家還是盡興而飲。

愈喝愈醉，愈醉愈變調，站立不穩，不管對方是誰，只要抓到就互抱起來。什麼音樂什麼鬼旋律都沒有，只是亂跳亂舞地進入高潮。

9 永不變黃的橘子

時序進入十二月中旬，武界社變得百花撩亂。陶淵明的桃花源記中的桃花鄉，會叫人以爲指的是這裏。芬芳、美麗。

有趣的是，這裏的櫻花、梅花、桃花、杏花、橘花，幾乎都同時綻放。

從樹的尖端先開花，慢慢往下移；等到下枝開花時，尖端已結了不小的果實了。

拔拉和柑仔好像一年到頭都在開花、結果。

我們院子裏的蜜柑也開了白花，日夜散發著甜甜的香氣。

「呼——結了果實了喲！」

豆粒大的青色果實，一天天長大，而後變成金黃色的蜜柑。我們快樂的期待著。

慢慢地長得網球那般大，正在高興時，令人不可相信的光景：高砂們一個進來一個出去，連大人也進來，不聲不響地摘了橘子就出去！

「喂喂！你們！這麼青的橘子就摘下來嗎？等變成黃色時就好吃呀，現在不可以摘哩。」

聽了我的規戒，他們露出不可理解的表情道：「公醫先生，這不會變黃的喲。」

「沒有這回事。任何水果成熟時，都會變色的。」

「但我們沒看過變成黃色的呢。」

他們未曾有等到成熟變黃的經驗吧。怎麼講解給他們聽，都講不通。

「那好啦。這棵橘子樹長在公醫先生的庭院裏，所以是公醫先生的東西。你們未得許可就來摘，如同小偷一樣啊。水牛做了小偷，你們不是把牠繫在由加利樹嗎？」

也許看我變了臉色，講話口氣不對，高砂們就快快地走開了。

到了晚上，幾個年輕人來找我理論。

「公醫先生，這棵橘子樹是自己長在那裏的，所以誰都可以摘。自然生出來的東西，是大家的。被繫在由加利樹的水牛，因爲吃了人家撒了種、種的菜，所以是小偷。做了壞事情，當然要受懲罰。」

他們激動的心情，反反復復說得嘀嘀咕咕，大概就是這個意思。最後的表情是：公醫先生，明白了嗎？

要駁斥他們這個「妙論」，有失大人風度；但隨之一想，這雖是單純素朴的想法，也的確有幾分道理在。

不去理解他們的想法，就以自己的想法去壓制對方。他們矯正了我的錯誤，於是我就坦然向他們道歉：

「我明白了。因爲公醫先生不知道你們的想法，所以請你們原諒。」

大家點了點頭，原諒了我。

「那麼，公醫先生也可以吃嗎？」

「那當然啦。」

他們齊聲說道。

※　※　※

這麼說來，我想起以前有過這樣的事。——

部落裏有三棵長得十公尺以上的大柚樹。結了很大的柚子，但畢竟不是我們所能摘到的高度。

巡迴部落時，正好看到要去田裏的高砂夫婦，男的像猴子一般地三兩下就爬到樹上去，叫他的老婆到樹下來接；拔出腰間的蕃刀，三兩下就把柚子砍落在地。

老婆把它拾起來，放進巴拉根裏。兩人就邊走邊吃起來。

看到他敏捷的動作，心中正佩服不已時，又來了一對高砂，也同樣地動作，同樣地離去。

正好君子護士從後面走過來，我就問她道：「那柚子誰都可以摘嗎？」

君子露出異樣的表情，默默不語。

一定是族人在大白天做小偷而被公醫先生看到，心中感到很羞恥吧。當時我是這麼想。現在我才恍然大悟，君子根本不了解我問話的意思呢。

※　※　※

趁沒有人的時候，我去摘了一個惹出問題的橘子吃吃看。

剝了皮，裏面的果肉很小，既不酸也不甜，完全不知在吃什麼。

太過於單純的他們，恐怕一輩子也不會知道眞正蜜柑的滋味吧。

10 生孩子

太陽西斜，把濁水溪照成光燦閃閃的黃金帶子。帶子緩慢向左方彎曲的中段，架著鐵線橋。

一如往常診療完後，我到溪邊，在捲漩渦的濁流中釣魚。

類似翡翠鳥的小鳥，在眼前劃過靑光飛逝。

雖然釣不到魚，但看浮標的浮沈，也是一大樂趣。

忽然背後的草叢中，沙沙作響，跑出一個壯丁來。上氣接不了下氣，急急如律令：

「公醫先生，嬰兒生了，嬰兒又進去了，嬰兒死了，趕快來！」

什麼？死產了嗎？反正難產是沒錯的。

「人在哪兒？」

「哈咿，在那工寮。」

朝他所指的方向望去，遠處的工寮有人走動。

「聽著！你到我家去，向夫人要婦產皮箱和產科鉗子。快去快回！」

說著，就跑向工寮。

「在哪裏？」我大聲問。

老公手指著堆肥工寮。我跑進一看，土庭上舖著稻草；一位臉色青蒼的婦女躺在上面。

「怎麼啦？」

「哈—咿。這我老婆。嬰孩生了，又進去了。」

眞是的，莫名其妙。

「來！我看看！」

從陰門可看到她自己切斷的臍帶。

「生下的嬰孩在哪裏？」

「老婆已收拾了。」

「收拾？怎麼回事？」

老公不知我問話的意思。旁邊的年輕人明白了，便回答道：

「死了，所以埋在園裏。」

「什麼？」

要把他們的話整理出來，實不容易。

聽說布農族的女人生小孩時不給人家看，自己一人處理。忍著陣痛的苦楚，在路上拾一片銳利的石板石做爲切斷臍帶的工具。

她在完全生出來之前，看到嬰兒已死了，就急忙把臍帶切斷。趁沒有人看到，就跑去田裏埋掉了吧。埋葬完後，體力已耗盡，好不容易回到堆肥工寮時，便昏迷不省人事。我如此推想。

「有洗臉盆嗎？」

「沒——有。」

我想起他們不洗臉，才覺得問得眞笨。便自己出去找。

我看到屋角上有一個他們吃飯用的鼎。

「把那個鼎洗乾淨，燒開水，快！」

吩咐她老公去做。我等著那青年的到來。

「公醫先生，是這個嗎？」

不久那青年滿頭大汗地跑回來了。把帶來的器具捧給我。

「好呀，不錯，謝謝你。」

緊張地打開皮箱，先打了一針強心劑，再打了止血劑，讓身體暖和起來。慢慢地臉頰恢復血色，神智也清醒了。

令產婦仰臥著，立起膝蓋；叫老公把兩腿掰開。

拿著在鼎裏的消毒液消毒過的鉗子，靜靜地插進去，把胎衣等穢物挾出來。

嚇得渾身發抖的老公，哀叫似地說：「公醫先生，還沒完嗎？恐怖。」

「別叫！住嘴！」

老公被我一罵，就低下頭，微微發抖。

第一次經驗的我，處理完後還是不放心。但自以爲還算滿意了。

交代他們今天不可以動，大家今夜就睡在這好了。

回到家裏，妻等不及地問：「怎麼了？」

妻說青年跑來時，不知在叫嚷什麼，但聽得他說嬰兒生了，死了，嬰兒進了肚子了，所以猜想是要產箱，因而交給他了。

妻得知自己的判斷沒錯，才鬆了一口氣。

翌晨，帶著君子護士去部落巡視。

在路上，遇到一個挑著水筒的婦女。看到我時，就不屑一顧地撇過臉去。

我覺得很奇怪，問君子道：「爲什麼看到公醫先生的臉，都不打招呼呢？」

「公醫先生，那是很害羞的喲。」

「什麼？害羞？妳要教導她應該打招呼的。」

「公醫先生，那女人是昨天生小孩的婦人呀。被公醫先生看到身體，很不好意思的喲！」

「…………」

原來她們也有花蕾的羞澀。

「是嗎？已經起來汲水了？照說該在堆肥工寮休息才對呀。什麼時候被帶回家去的？」

「昨天黃昏，被背回去的。高砂沒問題呀。」她若無其事地答道。

看君子又黑又厚的皮膚，閃爍光芒的眼睛，堅硬的下顎，具有野性強韌的臉。我心想：他們根本不需要醫生什麼的。

三 布農的結婚

今天下午，打開蕃布，裏面現出一個乾枯得像木乃伊的嬰孩。

「公醫先生，嬰孩會死嗎？」抱嬰孩來求診的小女孩問道。

「母親怎麼沒來？」我問。

「母親是我。」她說。

我看她那麼小，就問：「妳，幾歲呢？」

「哈咿。十三。」

雖說高砂族一般都比較早熟，但十三歲就生小孩，實難想像。

在蒙古的時候，聽說十一歲的女孩分娩了，我就騎馬跑了十二公里路去看。到了一看，才知道實際上是十五歲的產婦。但現在坐在我眼前的眞是十三歲而已。

我仔細地診療了嬰孩。由於母乳不足，嬰孩極度的營養失調，連哭的力氣也沒有。衰弱的心跳隨時就要停止似的，輕微地動著。

奶瓶裏沖了奶粉，把奶頭放在滿是皺紋的嘴裏，也沒有吸飲的力氣。我不知道要怎麼辦才好。不覺心中怒火燃起，便對嬰孩的父親斥道：

「你們兩人若不等到成人的健壯身體，就無法生健康的嬰孩。只因你太早就把小孩娶做太太，所以才會生出這樣的嬰孩呢。」

但那嘴邊長了幾根鬍子而身體強壯的青年，似乎不了解我的意思。

本來對於他們的結婚，我既無權利也無義務多加干涉。但對於漸漸衰弱的本族人，我不能視若無睹。比起男人的人數，女人顯然太少，到頭來會造成民族的滅亡。悲哀的現實。

排他性很強的他們，除了自己的部落人以外都不願意結婚，因此駐在所也極力在當月下老人，但效果不彰。

前些日子，一個老人死了，留下了年紀甚大的老婆。我問她以後的日子怎麼辦？君子護士替她回答道：

「甭操心。」

果然第二天，就有一個二十出頭的青年入贅爲婿了。

「喂，你，結婚這件事，不是只爲了處理性的問題而已呀。生下健康的小孩，繁榮你們的民族，才是結婚的目的哩。」

怎麼說都說不通的樣子。

在這女人不夠的部落裏，男人只在等待彼此之間的誰先死。

夜晚，我把白天的事告訴了上里巡查。

上里巡查嘆了口氣說：「公醫先生，這是完全沒辦法的事呀。部落裏只要生了女嬰，馬上就有人來求婚。求婚者都是十五、六歲的少年，雙方父母之間就訂下了婚約。當女孩進了六公里外的堪達萬社的教育所時，男方已是二十出頭的健壯男人。幼小的未婚妻從學校回來途中，未婚夫就在山中強行把她變成女人了。警察方面不斷警告他們，可是還常常發生，眞傷腦筋……」

這使我想起高砂族的創世紀傳說——

從前，有一座山叫卡西卡西山，腰捲白雲，高聳入天。

山頂上，有一個會講話的奇石。有一天，神力把奇石剖開，誕生了一男一女。這就是台灣產的亞當與夏娃。

對照這傳說世界，幾千年來，他們的生活智能到底進步了多少？不得不令我內心深處久久留下哀愁。

12 「公醫先生，太晚了。」

好不容易登上多福嶺山巔，在涼亭喘一口氣。雖說是二月，但樹林依舊青青，汗水沁出外衣。

我和頭目高山打開尾崎警部的夫人特地做給我們的便當。

眞不愧爲平地的市街，便當裏裝了許多山上品味不到的好菜。

尾崎警部在郡公所擔任蕃地課長。以鼻下的一字鬍爲圓心，畫出一個圓圓的臉，一看就知道是好好先生。

「唉啊——公醫先生，同縣人嘛！」

初次見面，他那隻圓圓的手砰的打在我肩上。

好好先生的家裏，常有食客進進出出。我也是其中的一人，每當出差就去投宿。

警部也好，夫人也好，都是親切的好人。當初離開文明社會的台北時，所懷的恐懼與不安，就在他家裏一下子都煙消雲散了。

如今周圍都是一群赤子之心的人們，彼此眞心交往，生活雖有諸多不便，但是何等美麗、快樂呀！

我一口一口地慢慢咀嚼，細細品味著。

頭目高山告訴我，友人們去埔里街上的中國語私塾的情形。

根據波茨坦宣言，台灣的統治由日本換成中華民國；過去由於皇民化運動而盛行的日本語熱，如今變成了中國語熱，這是理所當然的。

日本統治時代，對高砂族下山或本島人入山，都有一定的限制。但現在那限制被取消了，一切行動都變成自由了，於是他們爭先恐後地下山去埔里街，努力學習新的語言了。

吃過便當，一邊聽高山說明他們的生活狀況，一邊從山頂下來。

彎彎曲曲的山道，走了一陣子，就接近堪達萬水壩的圓堤。再走一陣子，就看到武界社了。這時，一個壯丁從下面氣喘吁吁地跑上來。

剛才一下山，高山頭目就唱起歌來，通知部落裏我回來的消息。那歌聲有點像日本的追分民謠或「馬子歌」，歌調令人陶醉。

想起半年前到任之際，當時還不知道這是他們唯一的傳訊手段，只聽得搬運我們家俱的高砂們在這個山谷與那個山谷相互呼應合唱著，令我們母子陶醉於大自然中，入神於美妙的合唱歌聲中……

「公醫先生，松山(按：原住民)死掉了！」

壯丁喘大氣地報告之後，即轉身飛奔下去。

松山這青年自去年底就患了支氣管炎。只因周圍的朋友們都一個一個地下山去埔里，他就按捺不住。

「不可以太勉強。先把身體養好再去也不遲。」我強把他留下來治療。

可是一天晚上，他偷偷離開部落下山去了。

他們幾個人合租一間本島人的倉庫，睡在泥地上，過著挨餓的日子。這使他的病情惡化而終於引起肺炎。

我聽到消息，趕快聯絡他去給埔里的齋藤醫師看病。

其後，大約十天前，他回到部落來了，就來我家求診。我看那變得更薄的胸部，病情已甚嚴重，但沒想到會死……

回到家裏放了行李，就急急往部落裏去。

穿過低矮的石板石葺成的屋簷，進到屋裏一看，松山已被蕃布包成不倒翁似地死在那裏。頭上戴著他生前愛用的被蟲蛀過的中折帽。

房間裏沒有一個人。看不到與親人悲離的嚴肅場面。目睹這簡單的最後身影，我啞然失語。

在門口，他父親握住我的手，說：「公醫先生，太晚了。」

我不知要怎麼回答。在土間的角落有一個最近常常來賣藥的本島人的漢藥袋吸引了我的視線。我覺得光憑這個就可以解開死之謎。

沒有許可就冒然而來，用僞藥把寶貴的生命、我的病人置於死地。我恨透那些賣藥商人。

因爲無知的高砂們天眞地相信人家所講的話，是可憐、無辜的。

「你給他喝了這袋子裏的藥了吧？」我氣憤地問。

「啊……」父親支吾著。

「公醫先生給的藥怎麼了呢？」我追究道。

「在那裏。給他喝了漢藥，很痛苦的樣子。這是公醫先生說過的，不可以，就把公醫先生的藥三天份一次給他喝。那個藥只進到喉嚨就死掉了。早一點給他喝就好了。那個藥如果進到這裏就不會死了喲。」說時指著自己的肚子，表示非常遺憾。

看了那樣的父親，連想要責備他們愚蠢的氣力也沒有了，反倒感覺更深一層的憐憫。

「來拿死亡診斷書吧。要去駐在所登記之後，才可以埋葬的喲。」

吩咐之後，我就回家了。

這一個月裏，喝了那成藥而死的病人竟有三個。堪達萬社一個，武界社已第二人了。找上里巡查商量，沒有辦法取締嗎？

「已經喪失實權的我們，已無法取締了。」

上里巡查陪我再去松山的家。令人吃驚的是，死者正被吊在長長的竹竿下，彈上彈下地被抬著要去埋在山裏。

沒想到他們那麼忌諱死人，無論是親人也好，死亡的瞬間，就好像變成魔鬼，片刻也不放置於家中。

「簡單呀！」

上里巡查的面無表情，是因爲已重複了幾次的經驗所造成的嗎？但對第一次經驗的我而言，這樣簡單的閉幕總叫人心中無法暢順。

13 煙斗

用打火石取火的他們，不知持續了幾百年，現在也絕不讓火種熄滅。

要去田裏工作時，便把火種移到一束油木片上，尖著嘴吹氣又吹氣，唯恐火種熄滅。

到了冬天，有時候會降霜，把鐵線橋的木板舖成白色；夜晚很冷。

泥地的中央燒著柴火。用長約一公尺的長條木板斜立於牆壁，或用人頭大的石頭斜放著，上半身靠在那上面而坐睡。

烘烘燃燒的火烘暖了上半身，可是背部發冷，因而要常轉換方向而睡。

如此年年重複取暖過夜的他們，煤煙重重化妝了他們的臉與手，皮膚就更黑了。

※ ※ ※

最近好不容易才會講幾句簡單日語的巴里巴揚，探出那燻黑的臉，以獨特的聲調打著招呼進來：「公——醫桑，御早喲。」

腳底早就治好了，我心想又來幹嘛？

「咿呀，御早喲。哪兒不舒服呢？」

「不……」他猛一揮手。「公醫桑，要做高砂，這話眞的嗎？」

「嗯，眞的。請多多關照，老前輩。」

他沈吟了一會兒，嗯！大大地點了一下頭，然後，污黑的手伸進污黑的吊袋裏，不知在找什麼？

不久，掏出一個用竹頭做的煙斗，咻的拿到我的鼻前，說：

「公醫桑，給你！」

※ ※ ※

他們吸的煙絲，也是自己做的。而且，只有這煙草比任何蔬菜都用心去栽培。

即使再用心栽培，在來種的葉子也小得只有枇杷葉那般大。

把掛在屋簷下蔭乾的葉子，拿蕃刀切成絲，就拿來嘴裏嚼，呸呸地吐出唾液。

用竹頭削成的煙斗，表面有點像玉米煙斗。這種獨特的形狀，富於野趣，眞是傑出的藝術品。

在他們所有的用品中，煙斗與蕃刀是最高的造型。老人一定是在田園的工作餘暇，靠在火缽旁邊，專心一意地彫刻出來的吧。看來又新又重。

切開腳底治療腫瘍，使他高興之餘，送來這份厚禮。看他那木訥的樣子，更使我感動。

「謝謝！公醫桑今後就用這個煙斗喲。」

我站起來向他致禮，他又回我一個更大的最敬禮，就回去了。

以後，他常常走到窗外，把額頭碰在玻璃窗上，瞧瞧我。

每當這時，我就把桌上的煙斗拿起來，向他示意：看！就在這裏喲！他便心滿意足地露出黃牙，笑了一下就走了。

14 祖先的故事

走下駐在所十四、五階的石階，下面就是兒童教育所。教育所東邊有三百平方公尺大小的田園。這便是我們自給自足的菜園。同時，還具有一個重要的功能。

高砂們與黑豬共存共榮，黑豬仔便是他們的糞尿處理場。可是我們日本人不慣於那天惠的處理設備，也沒有那膽量，只好把積下來的糞尿運到菜園的處理池。

經濟觀念發達的我們，又基於衛生見地，把糞尿白白丟棄是不被允許的，所以就耕地種菜，利用糞尿來施肥。

我們一家三口的排泄量足夠種出吃不完的菜，就把多餘的菜呈贈給君子護士與高村警丁，但都被他們拒絕了。而且很不客氣地說：

「內地人的菜很髒，我們不敢吃。」

這使我很不悅，反問道：

「什麼地方髒？洗乾淨了還有什麼髒？」

「內地人把人糞澆在上面，好髒哦——」說著便做出好像看到髒東西的表情。

眞是好心被鬼親，乾脆我就切給雞、鵝吃個飽。

「走過我家菜園的高砂們都捏著鼻子，好臭好臭地說著走過去；可是他們自己卻一年到頭都不洗澡哩！」

上里巡查聽了我的不平，只是苦笑而已。因而我想到所謂髒，所謂美，換一個角度看，就會倒過來。

然則，他們怎麼種菜呢？每當出去巡迴，我就仔細觀察。

他們的田園都在山坡地。

首先做一道防火線，放火一燒，然後把種子撒在灰燼上。一陣雨過後，黑色的地表上就會冒出青青鮮豔的菜芽。

但這完全是原始的農耕法，老人喜歡的方法。年輕的高砂們就學日本式的農耕法，而肥料則全用腐葉土。

代代住於險阻山上的他們，現在都喜歡開闢山坡地，因此他們的鋤頭柄都非常短，而鋤頭刀較長，以便於站在斜坡上耕作。

半彎著腰，揮著鋤頭的高砂，從後面看，可以看到兩股之間垂下來的鳥袋。拿小石子輕輕一丟到他的屁股，鳥蛋就往上收縮，回過頭來喝道：「公醫先生，壞！」這就是彼此的打招呼。過後，他又搖晃著袋子而揮動鋤頭。

他們說高砂族和日本人一樣穿著鼻竇褲。但他們只是剪了一塊寬三十公分、長四十公分的布，像窗簾似地掛在前面而已，並沒有繞到後面去。

雖然顧前不顧後，但他們都充滿自信地堂堂下垂，實不愧爲太陽之子。

他們又常說高砂族的祖先和日本人一樣的。問其理由，他們便告訴我一個祖先傳下來的「事實」。看來他們是眞的認爲如此。——

古早、古早，卡西卡西山的亞當和夏娃，得到神的允許，一連生了很多孩子。卡西卡西山因人太多，而顯得土地太窄了。

那時候，有一個島叫東耶島。很美麗很美麗的島上，沒有壞人，也不會生病，山上有吃不完的水果。

但那個島要划舟向東一直行走，行走很久才能到達。

分一部份的人去東耶島。把一張弓折成兩半，把一束矢分成兩份，說：「一次人生無法再見面也說不定，可是傳了幾十次人生之後的子孫，一定會在哪裏碰面。到那時，以這個爲證物。」村中的老幼都下山送行。

移往東耶的人們沒有再回來。後來怎樣，沒有人知道。

一直到了很後來，紅毛人來村裏買鹿角。那時候有一個男人跟紅毛人一起來。這個人和紅毛人不同，也不是漢人，臉型非常像村裏人。

「你是從東耶來的嗎？你沒聽說過祖先折弓的事嗎？」村人頻頻問他。

「沒聽說過那樣的話。我是從耶馬多（按：大和國）來的。」男人說。

「那耶馬多國在哪裏？」

「在東海的那邊，很遠，很美麗的島國。」

聽到這話的村人認爲就是去東耶的我們祖先的子孫無疑。於是就把那個人留在村裏住下來。

那個人娶了村中姑娘爲妻，生了孩子。那孩子跟村裏的孩子沒有兩樣。……

發源於伊朗高原的民族，費了幾千年工夫不斷向東移動，終至大和國，成爲我們日本人的祖先。可是當我看到泰雅族等人的狩獵之姿，覺得他們所說的或許是眞的也說不定。

15 蕃布

雖然辦理了歸化中華民國的手續，可是由於麥克阿瑟的一道命令：「凡歸化中國之日本人一律遣回日本。」便取銷了我們的新國籍。我們非回去不可了。（本來申請遣送歸國的母親等著船期，沒想到變成與我們同時歸國了。）

因有嚴格的行李限制，所以帶不回去的衣物與被褥等，全部拆掉，改做成小孩的棉衣送給兒童們。母親與妻子日夜在趕工。

「我們走後，山裏的人們就憑一條蕃布過日子，一定很不好過的呢。」

母親忘了自己是被趕回去的身份，一心只想多做一件也好，就拚命地縫著針線。

小孩穿了柔軟的絹布衣服，都咯咯地笑起來。

「這個，送給公醫先生母親。」忽然君子拿了一條全新的蕃布來。

「在限量這麼少的行李中，怎麼帶回去呢？要是擠了這條蕃布，衣服就得抽一件出來。」妻覺得多一件麻煩。

「好吧，就拿來做被袋吧。」母親提議。

就感謝地收下了。

對高砂們而言，這一條蕃布是從出生到墳墓，一生都離不開的重要物品。

他們砍下麻枝，剝了麻皮，在河裏洗淨，用木槌搥成細細的纖維。老婆就在日光充足的庭院裏，用雙掌撚成線。

做好了線，再用土或草汁染色。簡陋的織布機，卡噹、咻！庫噹、咻！一線一線地織起布來。

織成兩公尺平方的布。嬰兒生下來，就拿新的蕃布來包；四角依順序挾在嬰兒屁股當尿布，所以當蕃布周邊全部染成黃色時，嬰孩已經會走路了。

自己會走路的小孩大便時，就有黑豬在後面侍候。卟卟卟地吃得乾乾淨淨。

從此，這條蕃布就當做氈子或包巾。長大以後去打獵時，就當做帳幕。

最後，他死的時候，家人就用這條蕃布把他包成不倒翁的形狀，一起埋進土裏。這一條蕃布服務了他一生，最後同歸於盡。

僅僅一塊布，就有這麼多種多樣的用途。看了他們單純合理的生活，就覺得自己的生活多複雜，多浪費。

「呃——我們回日本以後，一定要過簡單的生活喲。」妻急急地一針一針縫著說道。

※　※　※

離開武界社那天早上，高山頭目兩手著地，流著眼淚說：「公醫先生，到了門司一定要打電報來啊。」

「請放心吧，一定可以平安抵達的……。」我話還沒說完，高山就打斷說：

「不，公醫先生回日本之後，我就割下支那人首級，替您報仇！」

這可不得了了！我嚇了一跳，趕忙制止道：

「高山君，那就錯了！割了中國人的首級，我就無法活下去了。中國人也是好人呀。來接收的士官和公醫先生握了手，你也看到了。已經成爲朋友了，所以絕對不能取下首級。明白了吧？」

單純耿直的他，淚水直流滿臉，也不拭淚，只楞楞地盯住我的臉。

「公醫先生回去後，就沒有人教我們唱歌，教我們做事了。」

傷心的君子護士與高村警丁和高山頭目等人的形影，離不開我的腦海。

※　※　※

從武界出發，費了一個月才到基隆港。終戰當時，也許由於反彈作用，聽說台灣人的感情一時惡化，發生很多糾紛；但經過了六個月，情緒似乎穩定下來了。車過台北市街時，沿途都有台灣人向我們揮手。離去的人與留下的人，都已超越異民族的憎恨而互訴五十年的惜別。

「你們日本很冷，多帶一點衣服回去沒關係。」意外地，親切的中國憲兵關照我們道。

過去聽說會遭到苛酷的待遇，如今皆一掃而空。心想一家三人都可平安返國，就安心而感激不已。

從美國借來的遣送艦的船艙裏舖了草蓆，就像擠沙丁魚般地被擠在裏面。

無論在辦理遣送事務手續或代行檢查行李的日本辦事員，以及船上的日本船員，對待被遣送人的態度，可謂惡劣、無情至極，完全與中國官兵的溫情態度相反。爲了思慕故國同胞，想讓大家多吃一口飯而決心歸化的我們，感到被背叛的悲哀。想到今後的日子，我心中暗然。

嗚——汽笛一響。長年住在台灣的或生在台灣、長在台灣的人們，都爭先恐後地登上甲板，要看最後一眼的台灣。

而我，靜靜地坐在船艙裏，閉上眼睛……

〔後記〕

昭和二十年（一九四五年）八月十四日，命運奇妙地，在日本投降的前一天抵達山地任職的我，於翌年三月被遣回日本之間，在由加利樹林裏與高砂族共渡生活的回憶，是我貧乏的生涯中，比什麼都美麗的一段日子。

拙文中，我們對他們的言行是上對下的命令式、訓諭式的口氣，想必讓讀者感到不習慣的地方很多吧。

赴任當時，前輩告訴我：「就是要這樣教導。」那時我內心有點反感。

但到任之後，看到他們不衛生的風俗習慣，加上對飢饉、病疫的毫無防備狀態，我才了解爲什麼前輩們非那樣做不可的道理。

對於生活智能低淺、不知懷疑別人的他們，要怎樣才能早一天引導他們與現代社會人爲伍呢？

當時的總督府的要務是，首先讓他們具備現代人的感覺與理性和生活智能。

其做法是在「蕃地」與「平地」之間，設置境界線；換言之，就是把老虎關入檻裏，施以特殊訓練。檻中的老虎有馘首的毛病，時時會吃掉教師、警察及其家屬的頭顱。日本人付出寶貴的犧牲，那惡習才漸漸消除。

五十年教育的成果已呈現出來了。正要再進一步的當兒，便遇到敗戰的一大悲劇。

偶而傳來台灣的消息，高砂們的情況絕不能說是幸福的。聽說無法同化於中國人的高砂們不斷逃入內山（中央山脈）去了。

日本的敗戰造成了他們另一場悲劇的開始吧。

亭亭矗立的由加利樹呀，如同保護我們避免瘧疾一樣的，請您保護他們免受迫害生活的狂風吧。

心中禱念，綴下此文。

昭和三十九年（一九六四年）二月二十五日記

芹田騎郎

譯者按：爲保存原作原貌，本篇根據手稿譯出，不敢增減隻字。

附錄

附錄一

尋寶記

張良澤

1 奇蹟

日日尋寶，轉眼三十年。作家手稿，難得發現。一九九七年十月二十日，竟然在日本古書店買到一本珍奇的手稿和一本剪貼簿。

這篇手稿題爲《ユーカリの林で》（由加利樹林裏），作者署名「芹田騎郎」。

稿紙用「協和原稿用紙」，每張四百字，共寫一百十五張。共分十五章，茲譯其目次如下：

一、入山
二、初次巡迴
三、百步蛇
四、牛小偷

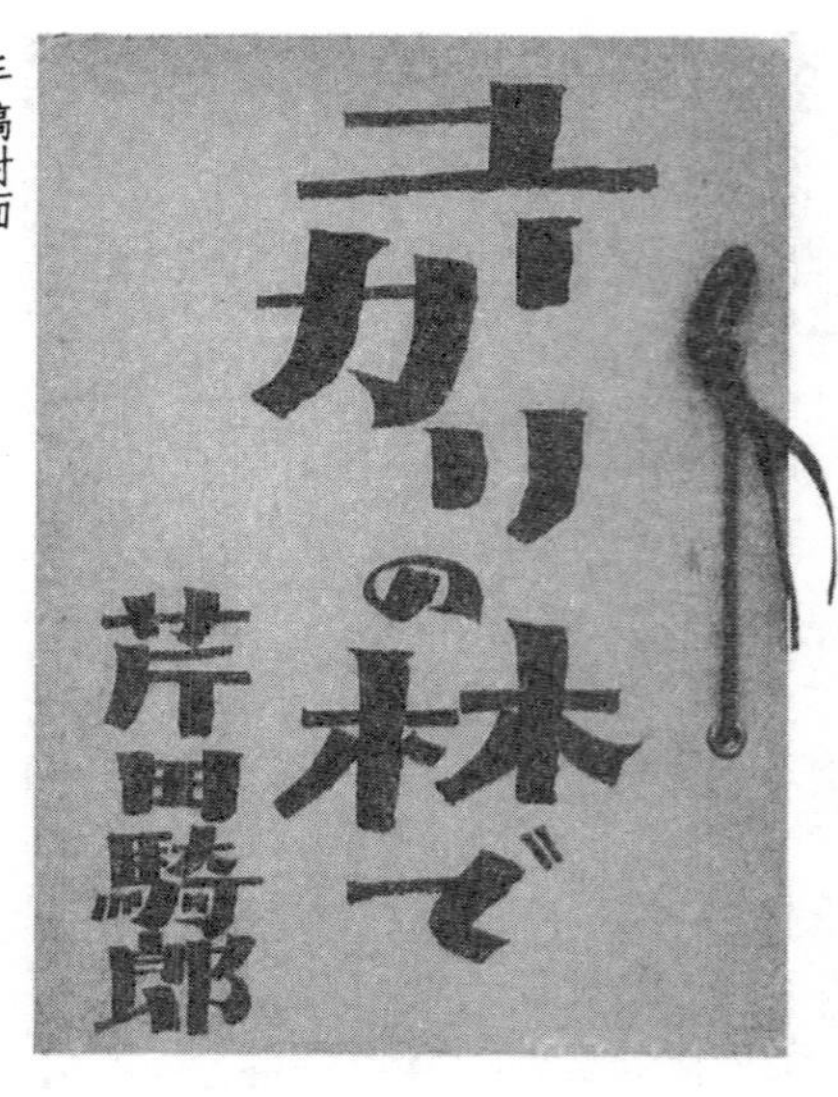

手稿封面

手稿首頁

一、入山

「お早よう！おーいみんな　こちらを向いて　ハイ　こっちを向いて」と係官の声に　埔里郡役所の裏庭で　そこ、かしこにたむろしていた数十人の高砂達（台湾の先住民族であるタイヤル、パイワン、ブヌン、アミ、ヤミ、サイセット、ツオウ族の七種族を日本では高砂族と言っていた）は一せいにこちらを向いた。

竹の根でつくった面白いパイプを咥えたも

其「後記」略謂：「我於昭和二十年（一九四五年）八月十四日，命運奇特地，在日本投降的前一天抵達山地任職的我，於翌年三月被遣送回國之間，在由加利的樹林裏與高砂族共渡生活的回憶，是我貧乏的生涯中，比什麼都美麗的一段日子。」云云。

最後一行寫的是：「昭和三十九年二月二十五日記　芹田騎郎」。可見本稿完成於一九六四年，即作者離開台灣十八年後的作品。距今已三十三年了。

作者芹田騎郎當年因後備軍人召集而決心志願入山當公醫。推測其

剪貼簿封面

年齡大概三十左右吧。因此，如果今天他還在世的話，也該八十歲多了吧。

跟這本原稿同時出現了另一本剪貼簿。薄薄的手製本子封面，手寫著《小說　藩地》。我知道日本人常把「蕃」字錯寫成「藩」，（當然有的人是故意把「蕃」寫成「藩」，以避免人種歧視之嫌。）遂引起我的注意，終於發現這件珍寶。

剪貼簿封面左下角印有私章「北九州市　芹田騎郎」。可見作者是日本九州人士。

剪報的標題是《小說　蕃地》，分三回連載，以同名發表。由印刷的篇幅判斷，此文發表的地方不是報紙，而是雜誌。可惜雜誌名稱、發行處所、發行日期等一律未注明，變成無頭公案。

只有剛巧在第一回連載的文末，附有二篇玉井政雄寫的「小說應募作品總評——把握主題」和「『蕃地』批評」短文。

再者，每回發表的文末皆附註：（施設・技術）。

綜合上述蛛絲馬跡，我大膽推測如下：

芹田騎郎公醫從台灣回到日本之後，生活困頓，毫無美麗的回憶。終於在北九州市找到一家企業的一份工作。這家企業在戰後的廢墟中成長爲大型企業，遂發行一種企業內的雜誌，供員工發表之園地。這本雜誌有文藝欄，主編玉井政雄刊登「小說徵文」啓事。這時，任職於該企業內的醫療設施、職位爲技師的芹田騎郎一時文思蠢動，遂將

剪貼簿首頁

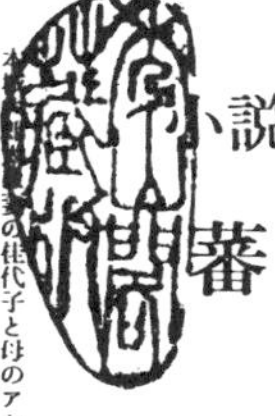

小説 蕃地

芹田騎郎

本[illegible]妻の佳代子と母のアヤを連れて、幸か不幸か奇しくも終戦の前日、戦争遂行上の任務を受けて苛烈な空襲下台北から一日か二日の行程を十日も費して、台中州能高郡の主邑である埔里の街に着いた。

風俗、習慣、ものの考え方まで異る山地現住民の中で、彼らと共に生活をはじめた六郎太達はおどろきとまどいの連続で、まず彼らを理解し、テンポを合わせることから習い覚えなければならなかった。

入山

八月十五日。

「お早ようし、おーい、みんなこっちを向いて、ハイこっちを向いて!」

係官の声に、埔里郡役所の裏庭でそこかしこにたむろしていた数十人のタカサゴ達(台湾原住民で、九ッの部族を総称してタカサゴ族といっていた)はいっせいにこっちを向いた。

竹の根で作った現住民特有のパイプを咥えた者や、所在なく両手を無意味にぶら下げた者、毛糸を編むのか せっせと手を動かすもの、麻糸をつむぐ女など、五、六十人も来ていた。はじめて見るタカサゴ族は一様に色が黒く、大きな眼玉がキョロッと光って、うす気味の悪い印象を六郎太は覚えた。

「この方が、今度台北から来られた公医さんだ。ごあいさつしなさい」といわれて、みんなは声を揃えて、「お早よう」といった。そして、その中の数人が「ございます」をつけ加えた。

極めて簡単な紹介であったが、これで万事お互いに通じ合ったような気がした。

「公医さんの荷物は、武徳殿の中にあるから」と係官が扉の錠を外すと、頭目らしい男が進み出て、けたたましい声をハリ上げて指図を始めた。

男はタウカン(網でつくった背負袋)に、女はパラガン(藤でつくった背負籠)に、そ

日夜縈繞於腦海中的第一故鄉——台灣的美好回憶,尤其是那一段半年的山地生活,記錄下來,把主人翁的「我」改成「本城六郎太」,題爲《在由加利樹林裏》,就當做小說投稿應徵了。結果在八篇應徵作品中,入選首名。理由是「以生動的筆致描寫蕃地的風物與人間,頗具現實感,這可能是作者的親身體驗之故」。

這篇入選的小說決定發表之前,主編特請作者畫出別人無法描畫的高砂族生活片斷做爲插圖,不料竟畫得栩栩如生。只因原來的題目過於抽象,讀者不易了解,就改成《蕃地》。到底是誰主張要改?就無法判斷了。我猜測是主編擅改的,而作者不太樂意,所以在自己的剪貼簿上故意寫成《藩地》也說不定。

我這樣猜測的理由是除了作者對自己所懷念的人們不肯用「蕃」字之外,過去日本有名作家已寫過『蕃地』這樣的小說太多了,他不願抄襲人家的書名。可是主編無知,硬把它改成這俗不可耐的篇名了吧?

另外,主編把原稿的「後記」刪掉了,實在可惜。只摘錄其中數語加於本文之前,做爲簡單說明而已。

至於本文內容,則刪略原稿甚多,把技節剪裁整理,留下主幹,雖變得明白易讀,但反而失去了原來的韻味與文學價值。這可能也是主編動的手腳吧。至少是主編要求作者重新裁併的吧。

茲將裁併結果的目次全部照譯如下:

入山
蕃社
百步蛇（以上第一回發表）
當了小偷的水牛
山牛肉
布農的生子
敗戰的消息（以上第二回發表）
歸化
馬給之死
接收
布農的結婚
刈首之宴
遣送歸國（以上第三回發表）

我讀了這篇「素人」小說，深受感動，對於作者身世更想多去了解。可是查遍日本作家名錄，也找不出「芹田騎郎」這名字。

根據台灣文獻學家河原功先生調查結果，稱：日本文學以高山族（高砂族）爲題材的作品，從戰前到戰後，總計有四十九篇。其中發表於日本的有四十四篇，發表於台灣的有五篇。（詳見一九九七年十一月二十日，研文社出版『台灣新文學運動的展開』所收「日本文學中呈現的霧社蜂起事件」）

茲將河原功所提示的作家名字全部列舉於下：宇野浩二、佐藤春夫、山部歌津子、大鹿卓、中村地平、眞杉靜枝、野上彌生子、西川滿、坂口䙥子、吉屋信子、福本和也、五味川純平、宮村堅彌、守山雅美、森道夫、稻垣眞美、許盧千惠、佐木隆三、英文夫、長尾和男、吉村敏。

共計二十一人，其中一人許盧千惠爲旅日台灣人作家（現已歸國），其餘二十人皆爲日本人作家。

這些人的作品或發表於全國性的刊物上，或有單行本，或刊於台灣雜誌上，所以逃不過河原功的搜索之網；可是地方刊物的「素人」作家就變成漏網之魚了。

然而，作品水平之高低，並不在於作家名氣之高低或發表刊物之大小。我敢說芹田的這篇作品是難得的好作品。尤其是本篇的時代背景集中於日本統治台灣的最後一日及國民黨接收的初期，這是其餘作品所看不到的。光是這一點，就可稱得上「最珍貴的文獻」了。

2 感動

愈讀此篇作品，愈覺此人眞愛台灣。雖然是一位無名的作者，可是他的描寫手法平淡而眞實，用情不多但讀來令人欲笑還泣。我從未讀過這種描寫台灣山地在第二次世界大戰結束前後的小說。尤其那幾片

芹田先生首次來信

插圖，眞把台灣原住民的生活畫活了。我猜想他必也是一位業餘畫家。

我有一股衝動。心想此人即使不在人世，也該有家族在，我一定要找出他的足跡。於是囑咐我的女兒亭亭問問電信總局。日本的電信局辦事效率眞高，竟然在幾千萬支的電話號碼中，找出「芹田騎郎」的電話號碼。我即刻撥了電話。應話的是一位老者的聲音。

「請問，您是否寫過一篇小說，名叫《ユーカリの林で》？」我半信半疑地問。

「是的。那是我寫的。你怎麼知道？」對方也覺得很訝異。

「啊！太好了！芹田先生您還……」

我差點兒說出「您竟然還活着」，幸虧我激動得說不出話來。

說來話長，一時電話中也說不清。於是我要了他的地址，便寫了一封長信，說明原委，並要求他答應讓我譯成中文發表於台灣。

平成九年（一九九七年）十二月十一日，他回了我一封長信。內容大要如下——

張良澤先生：

接到您的電話及來信，眞叫人吃驚。拙作原稿及剪報會讓您看到，眞不可思議，不過該說是很幸運，我只有感謝而已。而且也附來您的中譯稿，深深致謝。

在九州的鄉下所寫的稿子爲什麼會出現在東京的古書店？令人費

解。這一定是神的旨意，沐浴先生高覽之光榮。

關於我被捲入那殘酷的戰爭而頓挫了生涯設計一節，等見面時再詳談之。茲簡覆所詢如下：

我於昭和十年（一九三五）渡台。任職於台北的「台灣オフセット印刷會社」的畫室，擔任專賣局的香煙盒圖案設計及其他印刷原稿的圖畫。

昭和十四年（一九三九年——按：張良澤出生年）一月至十八年二月，被徵兵服役於內蒙古山西省。與其殺人不如救人是我的思想，遂志願當衛生兵，進入軍醫學校，專事衛生業務。當兵期間未曾殺傷一人，反而對人們施行醫療，這是值得自我安慰的事。

昭和十八年（一九四三）二月解甲退伍，返回台北復職。但戰爭漸趨苛烈；因有軍醫經歷而被看中，遂調職至台中州能高郡的蕃地公醫診療所。

昭和二十一年（一九四六）二月，被遣送回國，手提一個包袱而離去。

其間，接觸台灣人的溫情，迄今我夫婦倆還常常共話台灣，並躭心台灣的安然與否。雖是短短的居台期間，但卻是生平的一大幸福。

返國後，艱苦的生活告一段落之後，正好我任職的三菱化學會社創設了寫真室，我擔任宣傳工作，較有餘暇，遂趁記憶未消失之前，把台灣經驗寫了下來。社內的文藝雜誌的編輯委員要刊登拙文。因想把自己的生活記錄原原本本刊出，有些失禮，遂把它改寫成小說形式。

這便是您所看到的東西。

再過些日子就要過年，恰滿八十歲。正好與賤內商量，要追尋記憶繪成一本繪冊留給子孫之際，突然接到先生電話，只有驚奇而已。

（中略）

『蕃地』之語，令人有民族差別之感，所以還是『在由加利樹林裡』較好。當時都這樣說慣了，並不覺得有差別感。這種日本人的專斷思考，便是這次敗戰的原因。我深以爲恥。

（中略）

拉雜寫來，語無倫次，敬祈察諒。

拙作倘蒙台灣恩人們垂讀，則望外之幸也。再謝之。

平成九年十二月十一日　芹田騎郎　拜

※　※　※

我讀了這封信，暗自高興：他的心境及他的人生旅路，大致與我所猜測的不差；只是我計算他的年齡多了幾歲，因此才會想到他可能已作古了。

我決心要見他。可是我不能空手去見他。一定要等我翻譯的這篇作品登出來之後，親自帶去給他驚喜一下。

可是那篇譯稿在台灣的報社流浪了將近一年，報社編輯先生都未具慧眼。最後我取回來，在自己編輯的《淡水牛津文藝》創刊號（一九九八年十月五日發行）上，冠以「名作翻譯」的刊頭發表了。

《淡水牛津文藝》創刊號

左起：次女江島真理、芹田佳代子夫人、芹田騎郎先生、張良澤。

3 初訪

一九九八年十二月廿六日——接到芹田騎郎先生第一封來信整整一年後，我終於踏上生平第一次的九州之旅。

既然要探訪一位畫伯——心愛台灣的藝術家——我便在學生當中物色一位最具藝術眼光的戴嘉玲小姐同行，一方面讓她開開眼界，一方面讓她分享我的感動。

也不知道什麼時候新幹線電車穿越了門司海底，一千一百多公里的旅程，一夢之間竟抵達終點博多站。換乘鹿兒島本線，過三站就到了芹田先生所指定的車站；再乘計程車，不久就到了芹田先生家。那是類似鑲有彩色玻璃的歐洲小教堂的別緻建物，門口釘着羅馬字××畫室的小門牌。戰戰兢兢地按了門鈴，出現了一位頭髮半白的長者，有點跛腳。果然是夢寐以求的芹田騎郎先生！

比起身材高大而行動有點不便的芹田先生，夫人顯得特別嬌小敏捷。

畫伯講話低沈緩慢。夫人常等不及老公說完就插嘴問台灣的情形如何。兩人似乎等了幾十年，好不容易才等到來自故鄉的人，因而急急想知道其後故鄉變得怎樣。這也難怪。自從離開台灣之後，兩人雖然日夜懷想台灣，但迄今已過半世紀，從未再過訪台灣。

夫人搶着講話之際，畫伯悄悄地從大牛皮紙袋裏抽出一大疊圖繪作

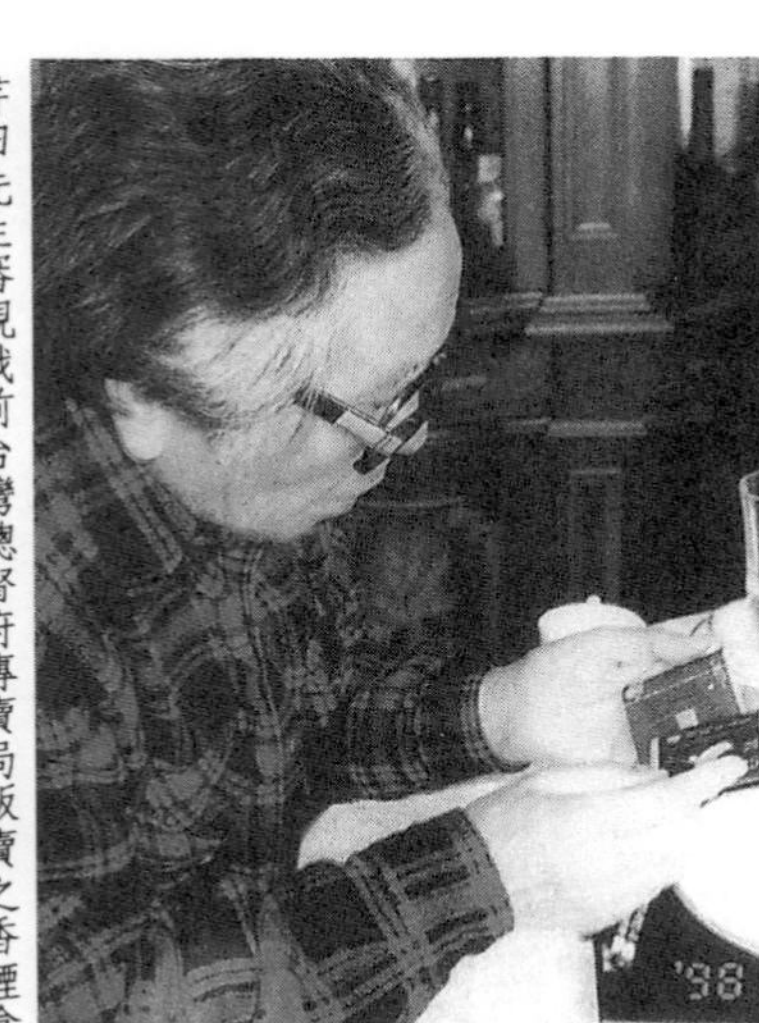
芹田先生審視戰前台灣總督府專賣局販賣之香煙盒

芹田先生畫室

品。我一看竟是一位原住民少年彈奏着口琴的圖。我怔住了。戴小姐也停住與夫人的談話，注視着畫面。空氣一時靜止下來。

我一張張地翻閱着……。最後我仰坐在沙發椅上，講不出話，只覺眼眶熱熱的。我又尋到寶藏了！

儘管夫人說昨夜女兒眞理小姐一夜未眠，做了精緻的十數道特別料理；可是我只一心在想着剛才躍入眼簾的一幕幕台灣原住民的生活畫面。想起四年前，我在立石鐵臣先生家中也發現了珍寶。那是立石鐵臣離台返日後，因懷念故鄉台灣而憑記憶畫出以艋舺爲中心的漢人生活的點點滴滴。約有一百幅的畫，保存了如今已消失殆盡的祖先們的習俗。後來徵得立石壽子夫人的同意，在劉峯松主持的台北縣立文化中心印製成珍貴的畫册，同時舉辦了一次非常成功的畫展。其後該文化中心主任換了一位不太尊重文人的外行人，因此這次我想另找珍惜台灣文化的出版社，讓他分享我的快樂。

同樣是殖民地時代愛上台灣的日本人，但一位是愛上熙熙攘攘的台北台灣人街巷，一位是愛上世外桃源的埔里山區。而兩人都是在敗戰之後，受到台灣人溫暖、含淚的送別而不得已地離開故鄉台灣。難怪兩人都會日夜懷念台灣，而光憑記憶就可畫出台灣人的一舉一動、一顰一笑。

芹田先生和立石先生一樣是默默地愛台灣、默默地作畫而已，絕無意要在台灣人面前炫耀什麼。經我再三懇求，他終於和立石夫人一樣地答應由我全權處理在台出版事宜。

芹田先生夫婦與「切繪」作品

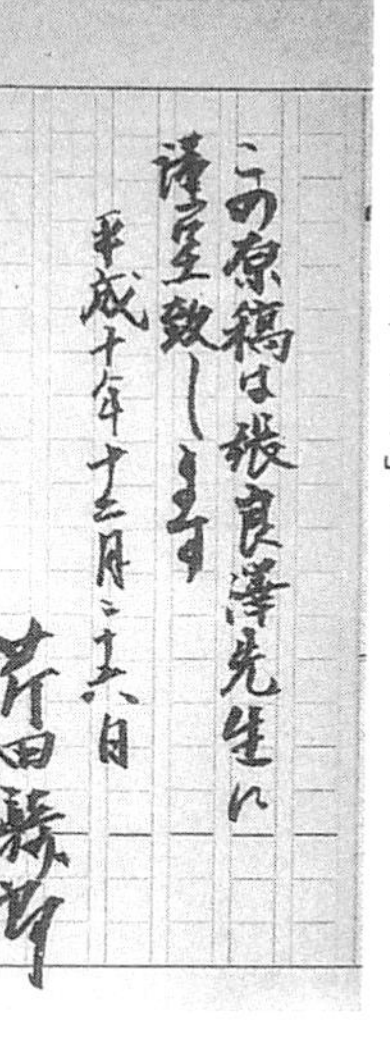

芹田先生贈稿

騎郎先生用印

畫室隔壁就是他女兒眞理夫妻的家。在她的家用完餐，喝咖啡，閑話家常，話題總離不開戰爭的殘暴、人與人的關愛、萬物和諧相處之道。

參觀了芹田先生的畫室。作品琳瑯滿目，多是刀刻有力的「切繪」。這位談吐虔誠謙虛的「鄉下翁」，眞看不出他竟得過各種國際大獎。

我鼓起勇氣問他：爲什麼他的小說原稿與作品剪貼簿會流落古書店而被我購得？

他淡淡地說：幾年前，有一位在東京的繪友說要讀此文，他便全部寄給他，後來也忘了此事。不知何故，那位朋友也沒再提起。他說要不是我的發現，他還以爲此稿還塞在家中的某個角落呢。

我一聽，心中有點酸酸的感覺。雖然我珍愛此物，可是應該物歸原主。便把帶來的手稿呈上，請他收回。他接了過去，像撫摸迷路返家的小孩似地前前後後端詳了一會兒，提起筆來，在原稿最後的空白頁上，寫下：

「此原稿謹呈張良澤先生」

我再次獲得珍寶。

臨別，請夫婦分別題墨寶如下：

「萬事如意」

「神佛之賜緣　冬日麗麗」

並送我及戴小姐各兩條絲絹作品。一條爲「祭典」，一條爲「門司

佳代子夫人執筆

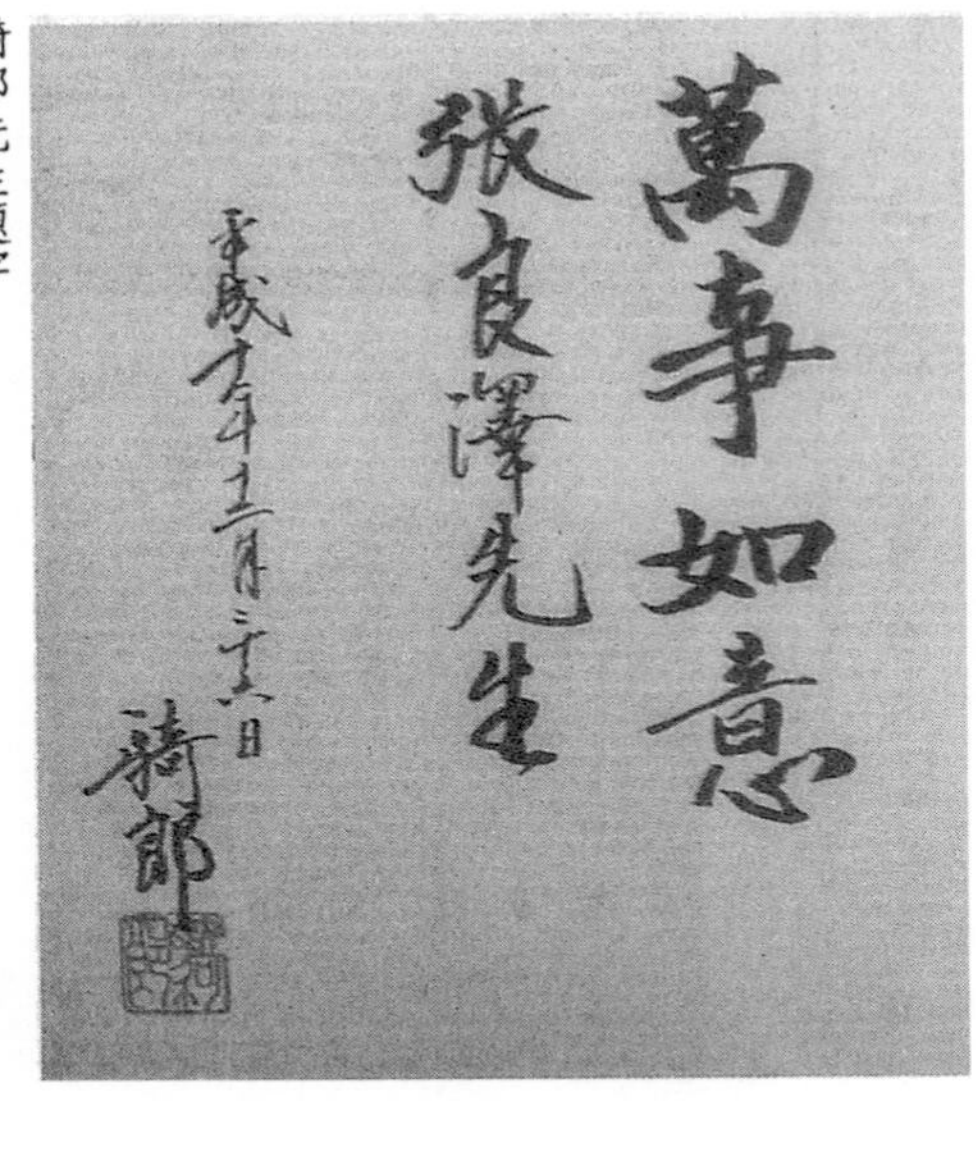

騎郎先生題字

港」。

我天天在尋寶。今天挖到太多的寶了。

芹田先生堅持要他女兒開車送我們到車站。老人家走路不便，我推辭不掉，只好讓他相送。車上，我再三吩咐眞理小姐負起催稿的責任，一定要在年內出版一本完整的「芹田騎郎台灣畫冊」；並請老人家好好保重身體，以便在出版的同時，由我接待重遊故鄉台灣。

歸途車上，戴小姐說：「我眞羨慕您不斷在做夢，不斷在追尋，而且不斷在實踐。」

我報以一笑。

4 出版

一九九八年一月，我帶了幾張芹田先生原住民圖的相片返台，見了林文欽兄。聽了我的讚辭，他便一口答應「前衛出版社」願盡全力出版，並舉辦原畫展，請芹田先生全家人來台一遊。

我把好消息帶回日本。全家人欣喜不已。並答應各寫一篇文章紀念之。

茲將其子女簡介於下：

長女　宍戸幽香里

一九四六年生於北九州。

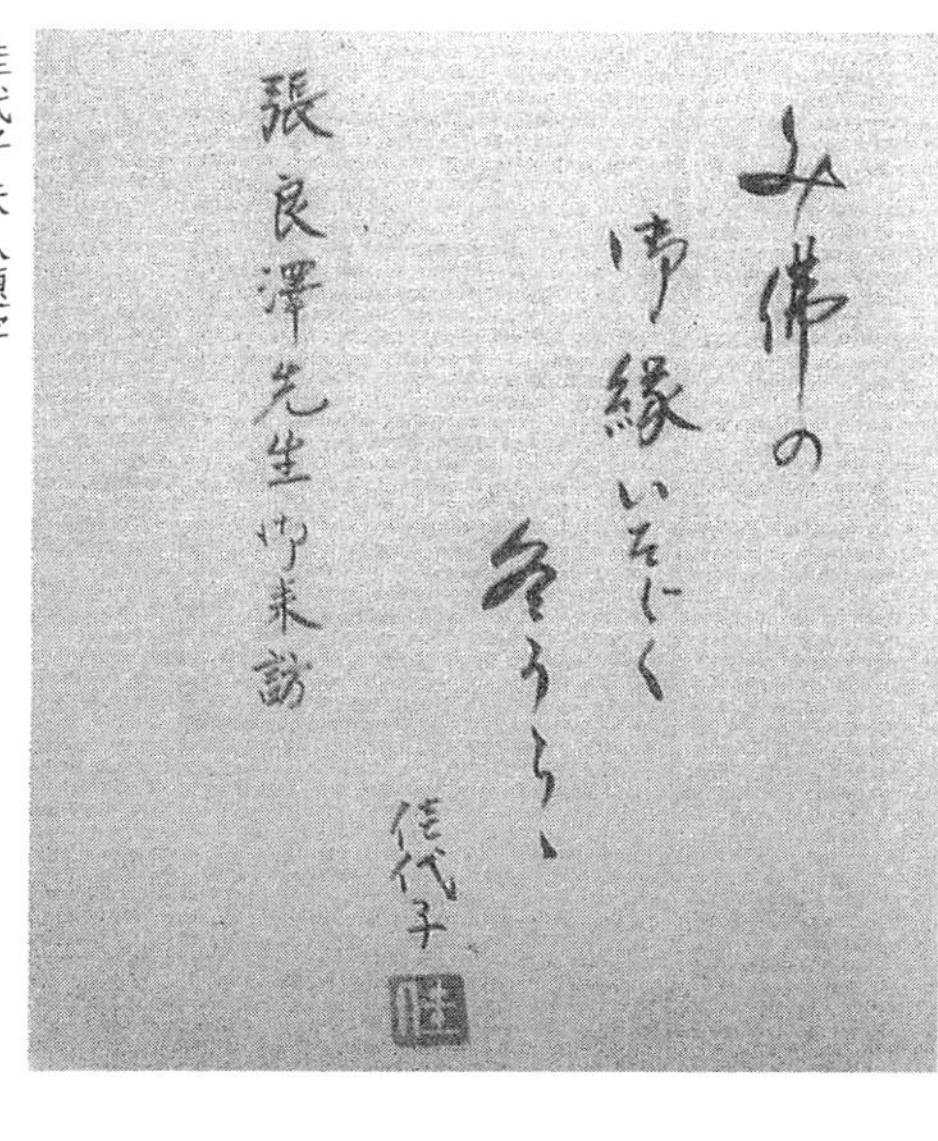

佳代子夫人題字

絹巾作品「祭」

國立秩父學園畢業。

音樂療法士。智障兒童療法專家。

現活躍於國內外。

長男　芹田　彰

一九四九年生於北九州。

京都大學農學部造園科畢業。

現任職京都市政府公園課長。

次女　江島眞理

一九五一年生於北九州。

產業醫科大學畢業。

現任職北九州醫師會醫院內科醫師。

一家人都在盼望着畫册出版時，能回到濶別半世紀的故鄉台灣。唯芹田先生腎臟有疾，偶須住院檢查。但祈上天保佑這對日夜夢縈台灣的老夫婦能償終生之心願。

一九九九年三月十五日　記

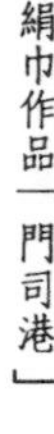

絹巾作品「門司港」

附錄二

芹田先生印象記

戴嘉玲

話題不離台灣

一口氣看完《由加利樹林裡》，又細嚼了好幾回。就這樣愛上了情節中的每一個人、每一隻動物。尤其是老人與豬的那一段，使我對豬的印象三百六十度大轉變。萬萬沒想到豬竟然是如此通人性、愛乾淨的。感激張老師將它譯成了中文，更感激芹田先生隔了十多年還能將這段奇遇娓娓道來。細膩的文筆，纖細的思維，想必是個白面書生的日本公醫吧。

自從張老師在古書店發現了這本《由加利樹林裡》以後，百看不厭，愛不釋手。亦覺悟到此一作者可能已成古人，而在張老師的千金輾轉調查下，總算皇天不負苦心人，得知芹田先生仍在人世，且居住於出身地的北九州。

當我被批准能同行前往北九州採訪芹田先生時，宛如要去會情郎似的興奮了好幾天睡不著，忘了掐指算一算芹田先生已是八十歲的高齡老人了。

本文作者與芹田先生

本文作者攝於芹田先生作品前

然而，採訪的日子一直遲遲不能決定，令我不解。又過了一些時候，按捺不住的我終於開口了。才知道張老師的又一份用心良苦。原來，芹田先生在爲原住民服務以前，曾經在一家印刷公司工作，爲當時的台灣專賣局設計過香煙盒。而張老師的苦心就是在等待這香煙盒的出現。一天過一天，古書店總算來了好消息。

盼著盼著，新幹線終於在博多進站了……

一腳踏進芹田先生家的門口，往樓梯口上一瞧，立刻看見一雙充滿歉意的眼睛。芹田先生因爲身體不適無法下樓，拖著那搖搖欲墜的身子站在樓梯口，等著張老師與我。走進書齋，張老師與芹田先生互換名片之後，頓時，兩人僵著互望，複雜的情緒，使張老師的眼眶不禁紅了起來，畢竟戰後五十幾年來的空白太長了。

在等待張老師和我的來訪的這些日子，芹田先生亦邊回憶邊畫出了好幾幅有關當時原住民生活起居的畫。此刻的芹田先生已迫不及待地將這些畫亮出來給我們看。也希望能透過這些畫，讓更多的台灣人、日本人知道當時的台灣原住民的生活智慧，是當今處處電氣化的我們該學習的；也唯有如此，人類才能返璞歸眞。張老師與芹田先生兩人宛如久別重逢的老友，話匣一開，早已忘了我的存在，我也就靜靜地欣賞著這些畫。當我看到那張〈老人與豬〉的畫時，眼睛一亮，興奮地叫了出來。原來這兩隻豬是這麼大，原來這老人身上裹了一塊蕃布；而人與豬之間的那一份諧和，在芹田先生的畫筆下卻表露無遺。再往下翻了幾張，有一個原住民的女人手織著毛線，那專注的眼神，那左腳微翹的大腳趾，表達那分專注，亦可想知芹田先生對這些原住民所下的感情。邊回想《由加利樹林裡》的情節，更是張張讓我愛得欲狂。

隨後，張老師立即拿出兩年前在古書店買到的《由加利樹林裡》原稿及出發前買到的祕密武器——香煙盒，雙手奉還給原主人。芹田先生望著這遺失多年的原稿，久久才抬頭表示，這原稿應該屬於張老師的，而親筆題字贈予了張老師。至於這年齡比我還大的香煙盒雖然不是芹田先生當年親手設計的東西，卻也令他回味了老半天。於是很心滿意足地收下這個祕密武器。

本文作者與芹田先生

在芹田先生及夫人的盛情難卻之下，我們共進了一頓既豐富又富有家鄉口味的午餐。全是芹田夫人與其千金眞理小姐親自下廚，有西洋料理、日本料理，更有台灣料理的炒米粉、紅燒肉、肉粽，吃得我好感動，也才感覺到芹田夫人是如此地懷念台灣。

天下沒有不散的宴席。眞理小姐用賓士車送我們到車站。芹田先生不放心，明知自己身體不適，但還是上車了。看見他對張老師這樣依依不捨的感情，讓我感動了好半天。到了門司車站下車，彼此握手道別，目送著芹田先生離開，我很滿足地笑了。

附錄三

芹田騎郎略年譜

張良澤 編

一九一八年 1歲▼生於日本北九州市。本名「芹田秀雄」。

一九三五年 17歲▼渡台。任職於台北市「台灣オフセット印刷會社」畫室。擔任台灣總督府專賣局委託之香煙盒圖案設計及其他印刷原稿之圖案。

▼師事台展審查委員吉田初藏氏。

一九三九年 21歲▼一月，徵召入伍赴內蒙古山西省。志願當衛生兵。

一九四三年 25歲▼二月，解甲退伍。返台北復職。

▼三月，與門司港出身佳代子結婚。

一九四五年 27歲▼八月十四日，任職台中州能高郡蕃地診療所公醫。

▼八月十五日，日本投降。申請「中華民國」國籍。

一九四六年 28歲▼一月，佳代子受胎於能高郡任所。

▼三月，奉聯軍司令部之令，舉家離台返日。

▼十月，長女幽香里出生。

一九四八年 30歲▼任職三菱化成株式會社寫眞部。

一九四九年 31歲▼六月，長子芹田彰出生於北九州市。

一九五一年 33歲▼十一月，次女眞理出生於北九州市。

一九六四年　46歲▼二月二十五日，手稿《ユーカリの林で》完成。
▼二月，《ユーカリの林で》入選三菱化成文藝雜誌《菱之實》（季刊）小說徵文。改題爲《蕃地》連載三期。
▼改名爲「芹田騎郎」。
一九七一年　53歲▼獲第四回北九州市民文化賞。
一九七二年　54歲▼入福岡縣美術協會會員。
▼任日本寫眞連盟西部本部委員。
一九七三年　55歲▼受《文藝春秋》《オール讀物》委託畫目次圖及刊頭圖。
一九七四年　56歲▼參加「切繪九州人封面繪原畫展」。
一九七五年　57歲▼於小倉井筒屋畫廊舉行「切繪個展」。
▼於東京青山吉野畫廊舉行「切繪個展」。
一九七六年　58歲▼於小倉井筒屋、八幡井筒屋、飯塚井筒屋特設會場舉行「切繪祭九州二百景、朝日新聞連載原畫展」。
▼參加東京上野都立美術館舉行「日本切繪展」。
一九七七年　59歲▼任日本切繪協會委員。
一九七九年　61歲▼赴西班牙、法國取材旅行。
一九八〇年　62歲▼中間市體育文化會館緞帳製作（九公尺×十七公尺）。
一九八二年　64歲▼製作「九州之祭典」二百景（朝日新聞連載一年）。
▼醫生丘小學校及光貞小學校校徽圖案設計。
一九八四年　66歲▼產業醫科大學校徽及校旗圖案設計。
▼門司婦人會館壁畫製作（四十平方公尺）。

一九八五年　67歲▼獲北九州文化功勞賞。
▼赴廣州、桂林取材旅行。
▼《廣場北九州》封面畫製作。
一九八六年　68歲▼任福岡縣美術協會委員。
▼任日本寫眞連盟西部本部委員長。
▼任「巴黎沙龍」正會員。
▼獲美術選賞。
一九八七年　69歲▼參加於巴黎舉行「巴黎沙龍」展。
一九八八年　70歲▼任北九州寫眞協會會長。
▼獲日本版畫賞。
▼獲藝術公論賞。
▼獲巴黎沙龍賞。
▼赴意大利、威尼斯、羅馬取材旅行。
▼短篇小說插圖（讀賣新聞一年）。
一九八九年　71歲▼獲法國沙地・馬爾地斯賞。
▼參加美術公論選拔展。
▼參加日本之美五十選展。
▼京都市八坂神社繪馬製作（不銹鋼藝術）。
▼任八幡西區文化連盟會長。
一九九〇年　72歲▼任巴黎沙龍展委員。
▼獲世界版畫大賞。

一九九一年　73歲▼獲藝術公論大賞。
▼於《體育日本新聞》連載插圖一年（文古川薰作《發すれば風雨》）。

一九九三年　75歲▼任全日本寫眞連盟理事。

一九九六年　78歲▼「三國志語詞浪漫」連載於《西日本新聞》（十個月）。
▼獲福岡縣教育文化功勞賞。

一九九七年　79歲▼《三國志語詞浪漫》出版。
▼於博多大丸、愛知縣豊田市そごう舉行「三國志原畫展」。
▼赴中國西安市國立博物館、杭州市西冷印社舉行「三國志原畫展」。
▼於北九州市八幡井筒屋畫廊舉行「切繪近作展」。

一九九八年　80歲▼台灣原住民畫册製作。
▼十月十五日，《由加利樹林裡》（張良澤譯）發表於《淡水牛津文藝》創刊號。
▼十二月二十六日，張良澤、戴嘉玲往訪，思念台灣第二故鄉。

編後記

張良澤

繼《立石鐵臣——台灣畫册》（一九九六年九月，台北縣立文化中心出版）之後，這是我挖掘到的第二個美術瑰寶，也是我編譯的第二本美術書。

我不是搞美術的人，但從小就愛畫畫。小學二年級時，母親幫我畫成的「母鳥咬蟲餵小鳥」的那幅畫，深深烙在我心版上。如今已找不到那幅畫，可是長年流浪海外的遊子，每當想起故鄉、想起母親，「母鳥餵小鳥」的圖像便浮現於眼前。

羈旅東瀛二十載，每天東找西翻着有關故鄉的文獻。五年前，翻到立石鐵臣的未發表之《台灣畫册》手帖時，其驚喜之狀，難爲外人言喻。如今又翻到芹田騎郎的《由加利樹林裏》手稿時，其驚喜感動之狀，亦難爲外人言喻也。要之，兩人之一筆一畫，無不勾引起我對家鄉的思念。

近年來得以返國効勞，雖頻繁來往於台、日兩地，但每次歸鄉便徒增鄉愁一縷。不知何故，總覺故鄉愈離愈遠。

可是當我目觸這兩位異國畫家的台灣懷想圖時，便有一種投回故鄉懷抱、依偎母親身旁的感覺。啊！這才是我眞正的故鄉呀！

爲了讓芹田畫伯洗掉「二・二八事件」及蔣家白色恐怖時代留給他的恐懼後遺症，我極力說服他重遊第二故鄉一趟，以便安慰他五十多年來的鄉愁。所以我請求前衛出版社出版這本畫册，做爲今後他或將餘生之力奉獻於台灣文化的契機。承蒙林文欽兄慨允將做到盡善盡美。以一民間的小力量，願意締造台、日文化橋樑，其精神實可敬可佩。

正當畫伯被我說動，全力準備携帶全家人返台一遊，順便出席他爲台灣所畫所寫的第一本書的出版紀念會之際，突然接到眞理小姐來信說父親舊疾腎病復發，入院治療中。令我驚恐萬分！台灣文學的大恩人西川滿先生剛去世未久（一九九九年二月二十四日病逝於東京寓所，享年九十二），而芹田畫伯對台灣文化的貢獻才要開始呢！

我只能仰天祈禱，祈求上帝保佑遠在九州的芹田畫伯早日康復，讓我們一起快快樂樂返回台灣家鄉。

又，本書從採訪到校對，幸虧得才貌兼具的戴嘉玲小姐幫忙，讓我愈工作愈起勁。這也該感謝上天的安排，讓志同道合的人結合在一起，共同為理想而打拚。

日文稿承我的日本助教大曾根優子小姐協助校對，一併致謝。

一九九九年四月十日　校稿中

張良澤　志於淡水牛津大學台灣文學資料館

國家圖書館出版品預行編目(CIP)資料

由加利樹林裏 / 芹田騎郎著；張良澤編譯 . --
初版 . - 台北市：前衛 , 1999 [民 88]
192 面；18.5×26 公分

ISBN 978-957-801-213-4 (精裝)

861.57 88005414

由加利樹林裏

著　者　芹田騎郎
編譯者　張良澤
校對者　戴嘉玲　大曾根優子
出版者　前衛出版社
　　　　10468台北市中山區農安街153號4樓之3
　　　　電　話：02-25865708
　　　　傳　真：02-25863758
　　　　郵撥帳號：05625551
　　　　E-mail: a4791@ms15.hinet.net
　　　　http://www.avanguard.com.tw
出版總監　林文欽
法律顧問　南國春秋法律事務所林峰正律師
出版日期　二〇〇〇年六月初版一刷
　　　　　二〇一二年九月三版一刷
總經銷　紅螞蟻圖書有限公司
　　　　台北市內湖舊宗路二段121巷28.32號4樓
　　　　電　話：02-27953656
　　　　傳　真：02-27954100
定　價　新台幣五〇〇元

Printed in Taiwan　ISBN 978-957-801-213-4